ハヤカワ文庫JA
〈JA1475〉

ショウリーグ

上田裕介

早川書房
8642

プロローグ

冷たい風が肌を刺す季節。

市街にある陣内野球場のグラウンドには多くの人が集まっていた。

ユニフォームを着た者、ジャージ姿の者、スーツを着た者と、その格好に統一性はない。

行っていることも、短距離走、守備を想定したノック、バッティングと個々で見れば野球のそれであったが試合と呼べるものではなく、練習というには参加する者たちの表情は硬く、悲壮感すら漂わせる者もいる。

そこはプロ野球チーム『森里ドングリーズ』のトライアウト会場、その真っただ中。

そしてその全てのテストを終えたばかりの駒場球児は、グラウンド脇のベンチで息を整えていた。

　その横に駒場とは別のユニフォームを着た男が座る。

「よう。元ドラフト二位」

「戸田（とだ）さん……ご無沙汰してます」

　駒場がその顔を見るのは数年ぶりではあったが、同じチームにいた頃には先輩として面倒をみてくれたこともあり、懐かしさよりも安堵する気持ちのほうが大きかった。

　しかし戸田は、駒場が前の球団に解雇される前に他の球団に移籍しており、以降の動向は知らずにいた。

「戸田さんも今日のトライアウトに？」

「おいおい、俺はとっくに引退しているよ。今日はおまえらを篩（ふるい）に掛ける側だ」

　戸田が示す自身のユニフォームはドングリーズのものであった。互いに見知った仲ではあったが、その立場は決定的に違ったものである。

　このトライアウトに挑む野球人は二種類に分けられる。

　ドラフトで新選手獲得に選ばれずこれからプロを目指す者、かつてプロで活躍していたが怪我や成績不振などを理由に解雇され、それでも野球を諦めずに再起を図る者。

　駒場は後者に当たる。

「そうだったんですか……すみません。知っていればこちらからご挨拶に伺ったんですけど」

「元ドラフト二位のおまえさんから挨拶なんぞに来られた日には、こっちが恐縮しちまうよ」

「元ってついてるその称号に最早価値はありませんよ」

かつて同じチームにいた時から、戸田からは名前ではなく〝ドラフト二位〟と茶化すように呼ばれていたことを思い出していた。

「まぁ、こっちはおまえさんが来ることは名簿で見て知っていたんだけどな。声を掛けるのはテストが終わってからにしようと思ってな」

「で、どうでしたか？」

戸田は少しだけ逡巡したが、答えを口にする。

「おまえをうちの球団が獲ることはないだろうな」

「です、か」

駒場も薄々わかっていたその答えに大きな反応は見せなかった。

「だが、スカウトの目から見て……相変わらずおまえの野球センスにはいいものがあるとは思うがな。年齢的にもまだ若い部類には入るしな」

「慰めならよしてくださいよ。『それじゃ飯は食えない』かつて貴方に教えられたことですよ」

「まったくもってその通りだな。センスも身体能力も昔のままだが、メンタルの脆さも昔のままじゃな。走れる、守れる、けど打てない。相変わらずバッターボックスで腰が引けてんじゃねぇか。あれじゃあうちでは獲れないわ」

　だから、と戸田が繋ぐ。

「おまえに紹介したいリーグがある」

「リーグ？　独立ですか？」

「あぁ。地方の独立リーグだが、どっかの金持ちがまるごと買い取って好き勝手やるって話なんだよ。それで今選手をかき集めているらしくてな。それもただ普通に野球やるってわけでもないらしい。だからおまえさんくらいの実力があれば向こうも捨て置かないだろうよ」

「もしかして、こうして声かけてくれたのは勧誘のほうが目的だったりします？」

「半々ってところだな。うちじゃ獲れないのは事実だし、向こうからの紹介料が魅力的だってのもある」

「どっちに転んでもってやつですか。で、普通に野球やるわけじゃないっていうのはどういうことなんですか？」

「詳しいことは俺も知らんよ。多少の問題はあっても経験とセンスあるやつが欲しいって話もらっただけだからな。俺が知ってるのはリーグの名前くらいのもんだ」

駒場にその言葉の真意は読み取れなかったが、誘いをかける戸田の目には覚えがあった。寮を抜け出して夜の街へ繰り出そうと言い出すときの、ふと思い付いたくだらない悪戯（いたずら）に巻き込んでくるときの、野球で見せる真剣なプロの表情とは別の、一人の少年が見せるあどけない目。

真面目に将来のことを思い悩んでそこにいる自分を、悩んでいても何も始まらないと引っ張り上げてくれた思い出とともに。

戸田は駒場の目を見て問う。

「ショウリーグって知ってるか？」

暖かな風が肌を包む季節。

徳部達彦（とくべたつひこ）は自宅の庭でバットを振っていた。

バットはひたすらに空を奔（はし）り、風切音のみが響く。

それはただ闇雲に振っているのではなく、一アクションごとにインターバルをおき、一振りを丁寧に振り返りながら行われ、自分が今、どのように投げられた球をどのようなスイングで迎えうつのかをイメージしながら。目の前に据えられた姿見を確認しながら黙々とバットを振るう。

時折、振った後にイメージの中の投手に向かって首を傾げてみせる。

『今の球、あんなに曲がるのか？』

という困惑の表情を向けて。

次にバットを振ると、今度は盛大に尻もちをつき、天を仰ぎながら拳を地面に叩きつける。

『今の球は絶対に捉えたと思ったのに！　チクショウ！』

と体全体で感情を表現してみせるが、地面に叩きつけた拳に痛みはない。

しかし、本気で悔しがっているように見えるか確認するべく、目の前の姿見に視線だけは向けたままでいたが、その片隅に息子がサッカーボールを小脇に抱えて立っている姿が見えた。

達彦は立ち上がりながら振り返る。

「どうしたぁ？　忠治？」

「どうしたはぼくの台詞だよ、パパ。なに、役者やめて野球選手になるの？」

「いんや、これも立派な役作りなんだぞ。今度のパパの役が野球選手なんだ」

「ふーん。サッカー選手とかじゃないんだ」

少しうつむきながら小脇に抱えたサッカーボールを背中に隠す息子の様子を見て、達彦は演技ではなく笑いかける。

「よし、じゃあパパの野球の練習が終わったら、一緒にサッカーするか！」

「うん！　ねぇ……今度は野球選手のやられ役をやるの？」

「いんや。今度はちゃんとパパにも活躍のチャンスがあるかもしれないぞ？」

「本当に？　追い詰める場面が増えるだけで結局やられるパターンじゃないの？」

「それはまだなんともいえないな……」

「でもただのやられ役よりかはいいと思う！」

「ごめんな、やられ役ばっかりで……だったらそのやられ役にやられてみるかぁ！」

バットを振りかざして襲いかかる達彦、嬉しそうな悲鳴を上げて忠治が庭を駆け出す。

その背中をバットをかざしたまま追いかけ、後ろから抱き上げる。

達彦は腕に小さな温もりを感じながら、忠治から表情が見えないようにして問いかける。

「なぁ、やられ役ばっかりのパパは嫌か？」

「うーん……嫌じゃないよ。嫌じゃないけど、かっこいいところもみたい！」

「そうかぁ、だよなぁ。俺も見せてやりてぇなぁ」

「ね、今度は舞台？　ドラマ？　もしかして映画!?」

「残念ですが、どれも違うんだなぁ」

腕の中の息子をひょいと抱え直して、その目を見て問う。

「ショウリーグって知ってるか？」

風もなく日差しが肌を焼く季節。

牧之原紅葉（まきのはらもみじ）は駅前のスクランブル交差点の端で、パイプ椅子に座って人の流れを眺めていた。

両手には交通量を数えるためのカウンター。

右手で女性を、左手で男性を。

奇妙なことに彼は両足元にもカウンターを置いていた。

右足を踏めば車を数え、左足を踏めば二輪車を数える。

本来ならば、グループ内で分担すべき仕事を、牧之原は今日の夕食代をもって請け負っていた。

（暇だなぁ……）

手と足が二つずつしかないから四人分の仕事だが、まだまだキャパシティを残していた。

牧之原はこの交通量調査のアルバイトをかれこれ一年以上続けている。

単調ではあるものの、灼熱の日でも、凍える日でも外で行わなければならないため、通常は短期で手っ取り早く稼ぐ類のアルバイトであり、牧之原のように長期で勤め続けるケースは非常に稀である。

（次の仕事どうしようかなぁ……）

彼はこれといって夢と呼べるものを持たずに生きてきた。

拘束時間に対して賃金の割がいいから今の仕事を選んだが、その稼いだ金を何のために使うかも決まっているわけでもなく、ただただ浪費し続けてきた。

しかし、今日の彼はそのことを真面目に考える必要があった。

今度から交通量の調査に画像解析ＡＩが導入されるらしい。

すでに何か所かで試験的に導入され、いよいよ本格的に人の手による交通量調査が駆逐されることとなっているのだ。

（マジにヤベェってのはわかる。どうにかしないとなー）

仕事がなくなるというにもかかわらず具体的な対策もなく、ただただ危機感を膨らませながら牧之原はカウンターを刻んでいく。

とはいえ、目の前の交差点の信号は赤を灯し、実際に彼の目の前を通る人はいない。怠惰（たいだ）に身を任せて適当にカウンティングをしている、という訳ではなく、彼はすでに交差点の向こうで信号待ちしている人々の数を数えていた。

顔を少しだけ上げて視線を車用の信号に向け、歩行者用の信号が青になるタイミングを見計らうスーツ姿の男性。

談笑している男女が会話の切れ間に度々向ける視線。

携帯の画面をじっと見つめている女性のつま先の向き。

信号待ちをしている人々の微かな仕草からどこへ向かうかの予測がつき、そしてその予測が外れることはほとんどない。

幾度となく交通量調査を繰り返してきた故に自然と身についたその予測は、スキルと呼べるほどの正確性を得ていた。

本人すら自覚せず、通りすぎていく誰からも見向きもされず、交差点の隅っこでひっそりと行われる超人的な予測感覚。

その感覚が静かに彼に訴えかける。

（あれ……？　あいつ何だ？）

目に留まったのは一人の男。短く刈り上げた短髪に黒縁メガネ、服装はカジュアルだが、通勤時でもない今の時間ではそれほど珍しくもない。ただこの数回の信号で幾度となく見かけるのだ。

時計を確認する仕草もなく何度も交差点を行ったり来たりしているので、待ち合わせや時間潰しとも思えない。

目線は左右に散ってはいるものの上下には振れておらず、景色や看板を当てにしている風でもなく道に迷っているわけでもなさそうである。

誰かを探しているようにも見えるが、特に女性にだけ目を向けている風でもないし、ナンパをするような時間帯でもない。

（だとすると、何かのスカウトか……？）

信号が青に変わると同時に、予測が完結し、牧之原は自身の中に湧き上がった感覚に突き動かされるように行動を起こしていた。

男が交差点を渡り終えて辿り着くであろう場所の真正面に立つ。

「ねぇ、おにいさん！」

男はギョッとしたように足を止める。向こうからしたら目の前にいきなり現れたようにみえただろう。

と、呼びかけてみたはいいが、牧之原は何をどう説明すればいいか、まるで頭に浮かばなかった。

あなたの行動が不自然だから声をかけたとでも言うのか？

違う。

これだけ伝えれば目の前のこの人に通じる。

自分にしかわからない感覚のまま、色々な過程をすっ飛ばして言葉を紡ぐ。

「あの……もしかして僕みたいな人間を探しているんじゃないですか⁉」

牧之原の焦りとは裏腹に、男から戸惑いの表情が消え、口の動きだけでへぇ、と感嘆を漏らす。

「どうしてそう思うんだい？」

当然とも言える問い返しに、触れた核心に対してそれを表す言葉を持たない牧之原はもどかしげに頭を掻きむしる。

「僕、あそこで交通量の調査をやっているんですけど、えっとそこで、けどそういうことじゃなくて……」

一から説明しようとして、自分でもわけのわからないことを言っているのがわかる。だが、それでも言葉を紡いで引き止めなければならないという確信のみが先行する。

「とにかくあなたが探しているのは僕なんですよ！」

事実ここまでは、牧之原が観察から導きだした予測通りであった。

だが、ここから先は彼の予測のつかない世界が始まろうとしていた。

その何かを求めようと手を伸ばす牧之原の目を見て男が問う。

「君はショウリーグって知っているかな？」

台風の雨風が鮮やかな色の落ち葉を薙いでいく季節。

入社三年目の地方局のアナウンサー、銀道元太は局の休憩室の窓から外を眺めながら手にしたコーヒーを啜る。

「あれ？　銀ちゃんじゃない。おつかれちゃ～ん」

背後から掛けられた声に振り返ると、しなをつくりながらプロデューサーの棚畑千遙がこちらに向かって手を振っていた。

「ども、お疲れ様です」

「こんなところで黄昏(たそがれ)ちゃってどうしたのよ。報道部はみんな台風報道で大忙しなんじゃないの？」

「その台風で予定してた食レポがバラけちゃったんですよ」

「あぁ、『夕方ドンチャン』のコーナー担当だったっけ」

銀道はコーヒーを啜りながら目の前の男の真意を探ろうとしていた。

局の中ではかなり顔の利く、いわゆる敏腕プロデューサー、棚畑である。

さも偶然かのように声をかけてきたが、この男に限ってそんなことはない。

「そんなことより、こないだ連れていってくれた店のレイカちゃん、めちゃくちゃいい娘(こ)だったわよ〜」

「気に入っていただけてなによりです」

「ふふふっ、純朴そうな顔して結構遊んでるのねぇ。ちょっと安心しちゃった」

「まぁ、人並みには」

「お礼にいいこと教えておいてあげる。春からのゴールデンの枠、うちの企画でいくわ」

「ゴールデンをですか？　本部のバラエティ、数字はかなり良いほうじゃなかったですか？」

「それに勝てる企画ってことよ」

「スポンサーはどうするんです？　全国区じゃなくてうちの企画に金出すスポンサーなんているんですか？」

「いるところにはいるもんよ。まぁ、その企画自体がスポンサーの持ち込みみたいなもんだけど、上も一発オッケー。結構力いれちゃうみたいよ」

「へぇ……。ところでなんで僕にそんな話を？」

「うーん。そういえば銀ちゃんって、スポーツ部への配属希望だしてたなぁってのを思い出しただけよ」

なるほど合点がいく。

この男は自分に何かを与えようとしている。が、只で与えるつもりもないということだ。見返りの質次第では与えるものの価値がかわってくる。

同時に棚畑らしいアプローチの仕方だな、と内心で苦笑しながら携帯を取り出し操作する。

「そういえば棚畑さん。レイカちゃん、来週の水曜閉店後フリーらしいですよ」

「銀ちゃんのそういう察しがよすぎるところ、報道部向きだと思ったから置いといたんだけどねぇ」

「入社したときから棚畑さんに鍛えられましたから、チャンスは逃がすなと」

立て板に水のようにスラスラと、棚畑が喜びそうでいて、かつ思ってもいないセリフを口にする。

棚畑は最初から最後まで台本通りの番組構成のような予定調和を好む。

一方の銀道は番組にアクシデントを求める。報道にはそれがあると踏んで歩を進めたが、実際にアクシデントに対応するのはスタッフや上層部で、結局自分は用意された台本を読むだけであり、スポーツ部への配属を望むのもそれが関係している。

「アタシにはそんな力はないんだけどねぇ……」

口ではそう言いながら満更でもない表情を浮かべ、棚畑は銀道の目を見る。

そしておもむろに問いを口にする。

「ショウリーグって知ってる?」

ショウリーグ

1

阿県杏樹（あがたあんじゅ）は駅の改札口から少し離れた場所で、そこから出てくる人の流れを目で追っていた。

電車が到着するタイミングでまとまって改札から出てくる以外に人の流れはほとんどない。

その人の流れが途切れる度にちらりと携帯を見てメッセージの受信を確認するが、何も通知はない。

暗転する画面の黒に横縞柄のユニフォームを着た自分の姿が映り込み、忘れていたはずの気恥ずかしさがぶり返す。

（気合入れすぎたな……）

贔屓にしている球団の、贔屓にしている選手の応援用レプリカである。

さすがにそれを着て電車に乗る勇気はなく待ち合わせの間にトイレで着替えてきたが、試合観戦のときはいつもそのユニフォームを着用していたし、普段であれば周りに同じようなユニフォーム姿で観戦している客も多いので気にはならない。

それでも気恥ずかしさを感じるのは、袖を通すのが三年振りだからだろうか。

（案外ユニ着て応援する人少ないってのもあるよなぁ）

改札から出てくる人々は一様に同じ方向へと向かっていく。

まばらな列が進んでいく先にある駅前は閑散としていて、コンビニ以外特に目立った建物はない。

最寄りに大きめのイベント会場しかない駅ではよく見る光景。初めて訪れた場所でも、おおよその方角が分かっていれば人の流れについていくだけで会場に着けたりするのもよくあることだ。

特にスポーツ観戦の場合は、阿県と同様に応援用のユニフォーム姿で球場に向かう者も多い。

しかし、目の前を流れていく人波にその姿は、あまりない。

（というか、女子の割合が高くないか？）

歩いていく人のうち、カップルや親子連れとおぼしき姿も見えるが、七割くらいが女性である。

その人々が向から先を勝手に自分と同じだと決めつけてはいるが、一目で試合観戦をするとわかる人間は少ない。

そんな人の流れを追う阿県は、待ち合わせの相手である大森王司が改札から出てくる姿を捉える。

向こうも阿県に気がつくと軽く手を挙げ、こちらもそれに応えるように手を挙げるのみで挨拶とし、改札から出てきた人の流れに大森とともに合流する。

「いきなりユニフォーム着てくるとか気合入ってるじゃんか」

「待ってるあいだ暇だったからな。着替えてきた」

「おまえのユニフォーム姿見るのほんと懐かしい感じがするな。何年ぶりよ。こうして一緒に試合観に行こうなんてさ」

「進藤さんの引退以来だから三年だな」

「もうそんなに経ったのか。まさかこんな形で進藤悟が復活するとはねぇ」

「さんを付けろよ」

「へいへい、信者様はこえーや。で、何？　今日二試合組まれてるって？　どっちに進藤さんは出るわけ？」

「二試合目。最強スポーツマン連合ってチームらしい」

「自分で最強とか名乗るかねぇ」

「俺に言うなよ……」

「お、見えてきた見えてきた」

「堀切（ほりきり）興行屋内運動施設とかいうからどんなとこかと思ったら、めちゃくちゃいい球場だな」

目の前に現れた建物は、事前に上空からの写真で見たときは以前訪れたことのある円形のドーム球場と大差ないように思っていたが、ゆるい傾斜を登った地上側から見るとそこからの景観も併せてデザインされているのであろう、美術館のようなイメージを抱かせる建物であった。

「屋内運動施設とか名乗っているけど実質国内では数少ないドーム球場だからな。堀切興行がプロチームの買収に成功していたなら、ホーム球場として使えるように特注で建設された幻のドーム球場。まさかこんな形で見られるとは思わなかったぜ」

「チーム買収騒動の時は売名目的のパフォーマンスだとか叩かれてたもんだけど、実際はかなり本気だったんだな」

「で、腹いせに独立リーグを買収してまで野球しようってんだから、社長の堀切始もよっぽどの野球狂だったわけだ」

「そういや、杏樹がチケットくれるって言うからノコノコ出てきたわけだけど、ほんとに野球やるんか？　一日に二試合も組むとかとんでもない長丁場になりそうじゃね？」

「実は俺もそのへんよくわかってないんだけどな。まぁ進藤さんがやるんなら野球じゃなくても大歓迎ですよ」

入り口で簡単な荷物検査をした後、観客席へと繋がるゲートをくぐると、照明を受けて青々とした人工芝のグラウンドが一望できた。

初めて訪れた球場なのにどこか懐かしく感じるのは、やはり人工芝の中央に据えられた土のマウンドと、それを囲むように置かれた四つの白いベースと白線ゆえだろう。

「ほらな。やっぱり野球やるんだって」

「いや、そこまで疑っちゃいないけどさ」

三年前、怪我を理由にプロを後にした進藤悟の引退試合以降、こうして球場に訪れるのは初めてだった。

「おかえりなさい」

グラウンドを見下ろしながら誰にともなくポツリと阿県は呟く。

「ひたってねぇではやく行こうぜ」

「あいよ」

2

堀切興行屋内運動施設、一般の観客席のその上に造られた関係者席で黒田倉之助は、貴賓席としても使われるその部屋の豪華な革張りのソファに似合わない薄手のTシャツにハーフパンツでぐったりした様子で寝そべりながら、部屋にいるもう一人の男に目を向ける。黒田とは対照的に高級なスーツを着た男。関係者席のガラス越しに入場客たちが各々席に着く様子を見降ろす、この部屋の、ひいてはこの建物の主である堀切始の背中に声をかける。

「まずまずの客入りじゃないか？」

観客を見下ろしている堀切に、黒田はその数について手元のデータで言及する。

観客動員数。それは堀切興行運動施設の主であり、文字通りこの建物で行われる興行を主催する堀切にとって、気にかかる数字の一つである。

そして黒田もまたこの興行に一枚噛んでおり、その数字は彼らの今後に大きく影響するものであった。

「やっぱり三木正宗（みきまさむね）の効果が一番でかいな。大分引っ張ってきてる。他のアスリート目当てが二割、宣伝効果で来てくれた物好きが一割くらいって感じだな。なんの土台もない初回でこれだけ客が入ってくれるなんてありがたい限りだよ」

「でも、サクラもかなり入れているんだろ？」

興行として空席の目立つ会場というものは、観客にとっても興行をやるほうにとっても気分が削（そ）がれるものである。

そこで興行施設周辺の住民への優待券や、地元のくじ引きの景品という形でチケットを配り、動員数を増やしている、というのは事前に聞いていた話ではあるが、黒田の手元のデータにはまだ他に実際の動員数とは違う数字が上乗せされていた。

「協力してくださる地元の住民の他にも、うちの傘下のアクターズスクールのエキストラを雇ってある。まぁ本人たちは何も知らされていないから、研修半分遊び半分で楽しんでいただいてるよ。頭数としてはそれで十分。広告もだいぶ打ったし最初の波は作れそうだろ」

「普通はそっちの波を起こすほうが苦労するもんなんだけどなぁ、これだから金持ちは」

「俺は金を愛しちゃいないが、金が俺を愛しているのさ。突き放しても突き放しても、俺みたいなダメ男についてきちまう」

気取った様子もなくナチュラルに吐かれる金持ち発言に、黒田は眉をひそめながらも苦笑してしまう。

ろくでなしの道楽者、気まぐれな社長、稀代の野球狂etc……世間による目の前の男を表す言葉は多々あるが、黒田にとって堀切始を表す言葉は一つ、『只の金持ち』これに尽きる。

「人生で一回は言ってみたい台詞トップテンに入る名言だ。だがメディアの前では金持ち発言はよしておけよ」

「当然。金しかもっちゃいないが、学習はする。そっちは？」

堀切の問いかけにようやく黒田は体勢を起こすと、起きた拍子にずれた眼鏡を直しながら得意げな表情を浮かべる。

「事前に〝ブック〟は渡しておいただろ？　今回の興行で我々のメッセージは十分届くさ。俺たちの最初の敵である先入観ってやつを、まずは正々堂々後ろから一撃ぶん殴る」

堀切とは対照的に、気取った様子とあえて強い言葉で黒田は応えてみせる。

黒田が強い言葉を遣ってみせるのは、これから行われる興行においてそれだけ重要な

〝ブックメイカー〟という役割を堀切によって担わされているからである。

「おまえの〝ブック〟に疑いはないさ。心配なのはキャストのほうだよ。大丈夫そうか？」

堀切の心配事が自分の担当した〝ブック〟についてではないことに気が付いた黒田であったが、そんな勘違いへの取り繕いをおくびにも出さずに話を繋げていく。

「そのために一年かけて皆、稽古してきたんだ。問題はないさ」

「でも大半が独立リーグ出身だぞ？　客入りにビビッちゃいないだろうな」

「その点はやっぱり経験者組が強いな。役者組と一緒に大観衆相手のイメージトレーニングをフォローしてくれている。想定外に怖気づくことは絶対にない」

あえて断言してみせるが、ここで最も怖気づいているのは〝ブックメイカー〟である黒田自身であり、彼が練り上げた〝ブック〟をこれから実行するキャストたちが絶対に怖気づくことはないとは言い難い。

これは黒田の虚勢である。

ソファに寝そべってリラックスしてみせていたのも動けないだけであり、観客動員数をデータで済ましているのも実際の観客の入りを直視できないだけであり、強い言葉で何もかもを断言してみせるのもそう言い切らなければ弱気に押し流されてしまいそうなだけである。

　そんな虚勢の積み重ねをし続けてしまわないよう、無意識のうちに黒田は話題を変えていく。

「配信のほうは大丈夫なんだろうな？」

「テレビもネットも準備はできている。実況は要望通り外部から。向こうにこっちのコンセプトは伝えてはあるが〝ブック〟は渡していない。全部向こうのアドリブでやってもらうことになるぞ」

「その辺まで〝ブック〟の手は回せないが、ただ垂れ流すのも味気ないからな。あればなお一層良い程度の要素だ」

「まぁ、スポンサーはこっちだからな。最悪の場合コントロールはさせてもらうぞ」

「任せるよ」

　この話題もすでに何度も打ち合わせた内容である。それでも確認しないと気が済まない。だが、それだけでは何も始まらない。

「オーケーだ。ハンカチ持って、ちり紙持って、お財布持って、何もかも準備は万端。あとは始めるだけじゃねぇか？」

「ならまぁ、やってやりますか」

そう互いに念押しするように最終確認を終えるが、どちらもそのまま動きが止まる。

あとはただゴーサインを出し、全てを始めるだけなのだ。

そこで黒田はようやく、目の前の堀切もまた自分と同じであることに思い至る。

「もしかしておまえが一番ビビってるんじゃないだろうな？」

「そりゃ、これから世界に喧嘩を売ろうってんだ。いくら俺が金を持っていても、毛の生えた心臓までは買えないさ」

今まで観客席を見下ろしていたために黒田は気が付かなかったが、堀切の台詞は気取ってはいるものの浮かべている笑顔は硬かった。

今回の興行を旗揚げしようと言い出したのは他でもない堀切始である。彼のプレッシャーもまた黒田の比ではないのだろう。

堀切が『只の金持ち』であることを再認識し、黒田はソファに座ったまま指でコツコツと目の前にあるガラス張りのテーブルを叩く。

「迷うなよ。恐れは抱いても迷うな。こっから先に道はない。俺たちが目指す方向が前になり、道は俺たちのやらかした結果の後ろにしかない。ここが最前線だ。どこにでもいけるが誰もどこにいけばいいのか教えてはくれない。先頭が迷えば後ろはみんなまとめて袋小路。そういう場所だ、ここは。誰も救っちゃくれないぜ」

堀切に、そして自分に言い聞かせるように。

「もとから誰かを救えるとも、誰かに救われようとも思っちゃいないさ。やれることがあるからやる。それだけだ」

堀切は念を押すように大丈夫だ、と最後に一言だけ付け加えると小さく息を吐く。

ようやく腰を上げた堀切に安堵しつつも、らしくもない虚勢を張る羽目になったのは堀切の不安が自分に伝播(でんぱ)していただけだと気が付く。

今日の興行における〝ブックメイカー〟としての黒田の役割は終えている。

だが、それはいわゆる準備が終わっただけであり、全てはこれから始まるのだ。

この男が言い出して、この興行に携わる者たち皆がこの男に付いてきたのだ。

目の前でビビっている堀切始にだ。

堀切は手にしたレシーバーで指示を出す。

「始めてくれ。いや、違うか……」

「プレイボールってな」

3

『実況は私、潮風テレビの銀道元太と解説に元プロ野球選手の小橋克也さんをお迎えしてお送りさせていただきます。小橋さん、今日はよろしくお願いいたします』

『よろしくお願いします』

『という訳で小橋さんとともにお伝えしていく、本日の〝ショウリーグ第一節〟と銘打たれたイベントなんですが……実は私、本日ここでこれから何が行われるか全く知らされておりません』

『いやぁ、私も同じ状況ですよ。大丈夫？　こんな話して』

『大丈夫……かと。とりあえず我々の手元にある資料によりますと、おそらくこれから野球の試合が行われるのだろうということ以外よくわかっていない、というのが現状なんですね』

『まぁ、サッカーの試合とか始まったら僕もほとんど話せないからね。呼ばれたからには野球にかかわることとなんだろうけど』

『もうひとつその根拠というのがこちらですね。今視聴者の方々にもお見せできるように画面に映っているこちら。本日会場にお越しいただいているお客様には同様のパンフレットが配られているんですが、組まれているのは二試合。〝ヨクトブボールズ×エクスギャンブラーズ〟と〝最強スポーツマン連合×ブラックミスツ〟ということで、何らかの対戦形式で行われるだろうと。そして書かれているキャスト配置を見る限り野球のスターティングメンバー表であることはわかるんですが……』

『守備配置と打順が記載されているからそう推測できるけど、打順というか、打者の数がちょっと違うんだよね。普通なら投手も打席に立つか、DHという形で打者専門の選手を置いて、九人打席に立つようにするんだけど、この試合は打者八人制っていう形をとっているのかな、とかね。他にもここに載っているメンバーは、ちらほらと野球でも野球以外でも見覚えのある名前があったりと、かなり多岐にわたっているから一概に野球をやるとも言い切れないんだよね』

『番組のほうでもいただいたメンバー表を基に、どんな方々なのかわかる範囲で調べてみたんですが、元プロ野球選手、格闘家、陸上選手と、プロアマ問わずにスポーツの世界で活躍されたアスリートを中心に、俳優、アイドル、その他経歴不明の何名かと、多彩なメンバーが集められているのがわかりました』

『で、特に多いのが球界出身の方々だね。というかアスリート出身の方で野球以外の球技の出身者は見当たらないし、会場となるここもベースが四つある野球のグラウンドのそれだしね。そんなことから野球をやるのかな、っていうのが今のところの予測であって、〝ショウリーグ〟という、野球をベースとした全く別のスポーツをやるという可能性もある』

『なるほど。ただ本日これだけ状況がわかっていないにもかかわらず、かなり観客がいらしていますけれども、逆に言えばそれだけ魅力のあるメンバーが集まっているということでもありますよね？』

『さすがに現役のプロ野球選手はいませんが、最近まで活躍されていた選手もいるからね。そんな選手たちの活躍がまた見られるっていうのは、お客さんのほうでも期待しているんじゃない？』

『小橋さんが注目されている選手……選手と言い切ってしまっていいのかはまだわからないですけれども、いらっしゃいますか？』

『そうだねぇ。とりあえずこれから野球をやると仮定しての話にはなるけど、この間までプロで活躍されていた元アタッカーズの室井選手とかかね。後はそれだけのメンバーの中に組み込まれた俳優の方々や、元アイドルの三木くんなんかはどういう風に絡んでくるのか気になるよね』

『ありがとうございます。それだけ謎のヴェールに包まれたショウリーグ。まもなく開演されるようです。では、改めまして小橋さん、そして視聴者のみなさまも本日はおつきあいのほどよろしくお願いいたします』
『よろしくお願いします』

4

ブザー音が鳴り響く。

五秒ほど続き、音の余韻が消えるとともにグラウンドだけが真っ暗になる。

照明を観客席にだけ向けたのだ。

闇に沈んだグラウンドにぱっとスポットが当たり、マウンド上にタキシード姿の男を浮かび上がらせる。

『皆様、大変長らくお待たせいたしました。ただいまより〝ショウリーグ第一節〟開演いたします』

照明が再びグラウンドへと向かい、マウンドを中心にユニフォームを着た選手たちが四辺に沿って立ち並んでいる。おそらくは各チームごとなのだろう、辺ごとに着ているユニフォームが異なっている。

観客席に向かうように並んだ選手たちは帽子を取り、頭を下げる。

何が起こるかわからないながらも、観客席からは拍手が起こる。

マウンド上のタキシードが再びマイクをとる。

『本日の対戦ルールは五回四アウト制で行います』

「んーと、どういうこと？」

周りに合わせて手を叩きながら、統羅（とうら）民子（たみこ）は隣の猫削寧音（ねこそぎねね）の顔を覗き込む。

「これでほぼ確定的に野球をやるってことにゃ」

「どゆこと？」

「簡単に言えば、一般的なプロ野球の試合よりもコンパクトになるにゃ」

「普通は七回までだっけ？」

「九回にゃ」

「あ、そっか球界だもんね」

寧音は一瞬冗談か天然か考えたが、無視することに決めた。

「それが五回までってことは大体半分ってことね」

「普通は九回三アウトだから、各チームは二十七人分のアウトをとる必要があるにゃ。それが今回は四アウト五回になるっていうことは、必要なアウトの数は二十になるにゃ」

「七つ減らしてコンパクトとは片腹痛くない？」

「アウトの数だけみればの話にゃ。減らせるのは攻守交替の時間にゃ。野球は攻撃と防御が交互にやってくるスポーツにゃ。試合をコンパクトにする上で、守備位置につく時間は特に削減できないかと言われてきたにゃ」

「だったらすればいいじゃないの」

「観る側の小休止だったり、やる側の流れを変えるためだったり、中継放送する側のコマーシャルを挟む時間だったりと回数を減らすに減らせない理由は色々あるけど、一番の理由は打順だにゃ。野球の打順で一番重要視されるのは何番バッターか知ってるかにゃ？」

「四番でしょ」

「じゃあ何でその四番が重要にゃ？」

「縁起が悪いから？　ほら四は死を連想させるとかなんとか。死をバットで吹っ飛ばせ！って感じで」

「野球は元々外国産にゃ。そんな日本語的な意味合いで重要視されたりはしないにゃ。あとそれ四番じゃなくてもできるにゃ。四番に求められるのはそういう言葉遊び的なものじゃなくて、もっと万国共通の数学的な戦略の話だにゃ」

「いや、野球はスポーツだから。体を動かすのに数学とか関係ないから。あたし数学嫌いだから」

「民子の好き嫌いで否定するんじゃないにゃ！　いい？　民子が監督だとするにゃ。一番よく打つバッターを何番に置くにゃ？」

「今までの話の流れから考えて四番っしょ！　あたしは国語は得意なんよ」

「その四番の重要性を話してるんだにゃ、このバーカ！　一番よく打つバッターは打席がよく回ってくる一番に置かないかにゃあ？」

「なるほどなるほど」

「なら次によく打つバッターはどこにおくにゃ？」

「二番！」

「次は？」

「三番！」

「通常の攻守交替に必要なアウトの数は？」

「四ば……四番！」

「押し切るんじゃないにゃ！　三つにゃ！　つまり三つアウトを取られる前に打率の高いバッターが得点圏にでた状態でチャンスが回ってくるのが、三番、四番、五番のいわゆるクリーンアップ。塁のランナーを一掃（クリーンアップ）するバッターが重要視され、打率よりもチャンスに強くてパワーのあるバッターを置くのが定石となってるにゃ！」

「はえー。勉強になりました。サンキュ！」

「素直でよろしいにゃ！」

「……？」

「……？　違うにゃ！　最初の疑問が解決してないにゃ！」

「つまり、単純に三アウト九回を半分に割って三アウト五回にすると、打者八人制のショウリーグだと打順が二周しかしないけど、四アウト五回なら打順は二周半、しかも四番に確実に三回打順が回ってくるから従来の四番の重要性を維持しつつ、攻守交替の回数を減らしてコンパクトにできるっつー話でしょ？」

「……そうにゃ。その通りにゃ。あれ？　わかりやすく解説してたつもりだけど……あれっ？　民子の説明のほうが短くてわかりやすくないかにゃ？」

「国語は得意なんよ？　四番が重要って教えてもらった段階でもう疑問は解決してたけど」

「しっかり計算もできてるから数学も得意じゃないかにゃ」

「こういうのは数学というより算数っしょ」

「めちゃくちゃ馬鹿にされてる気がするにゃー！」

「っーかもう試合始まってるけど、観ない？」

「余計なお気遣いまでありがとにゃーー‼」

5

「くっそつまんねー試合だなぁ！」

モニターから流れているヨクトブボールズ対エクスギャンブラーズの試合をビール片手に観ながら、藤森風太は毒づいた。

藤森はFFというハンドルネームで『酔っぱらいがホロっと野球観戦！』なるネット配信チャンネルを開設している。

普段はプロ野球は勿論のこと、高校野球、実業団や大学野球などのアマチュアまで、野球と名の付く中継を、ひたすら酒を片手に視聴者と一緒に観戦しようという企画だが、今日は元プロ選手やアスリートが集結するなど、鳴り物入りで始まったショウリーグなる企画の配信放送を観戦していた。

元アイドルや俳優なども参戦していることから、会場は野球ファンにとどまらず盛況のようだったが、藤森の配信は再生数二桁と、調子がよければ四桁近くまで行くことを考えれば全く物足りない。

（プロ開幕までの場つなぎとしては上々か。地方リーグの旗揚げ戦なんざ期待してなかったけど、ここまで中身がひどいとはなぁ）

試合内容も、注目を集めている元プロ選手やアスリートは一試合目にはほとんど出場せず、おそらく元々の独立リーグ出身の選手たちで行われている試合なのだろう。全体的に球に勢いもなく、バッティングや守備に機敏さも感じられない。

手にした缶ビールの残りを呷って空にすると、すぐさま次の缶に手をつけ蓋を開ける。

こういう試合が締まらない時は、こちらの飲んだくれ具合をメインに、酒に流されるまま発言したほうが視聴者が喜ぶ。

以前配信中に酔いつぶれて寝てしまったこともあったが、それはそれとして盛り上がったのでそうしてしまうのもいい。

「ショウリーグとか謳っていますけど、派手な登場や演出をしているだけでただ単に野球をしているだけにしか見えませんねー」

書き込まれていくコメントの雰囲気を観ながら自身の持論を展開させていく。

「ヨクトブボールズの方はなんとなく理解できるんですよ。全員が大振りの全力スイング。ホームラン至上主義とかそういうコンセプトを出したいんでしょうねー。バットにまるで当たっていませんけど」

彼の言葉に耳を傾けた視聴者からは、同意の旨を示したり、それを見て取った彼を称賛するコメントが増える。

「対戦相手の……なんだっけ？　エクスギャンブラーズからはその手のコンセプトがまるで見えてこない。ギャンブル絡みで妙に金にまつわる選手の名前があったり、邪だの籠絡だのと悪そうな漢字を使った選手が多いから、悪役とかそういうコンセプトなのかもしれませんけど、それが肝心のプレーにまるで見えてこない。おチャラけたことやる前に肝心の野球ができてないんですもん。結果として観ているこっちが退屈な試合になってるんですねー。演出は派手でも実力が草野球ですよこれじゃ」

『これ球場で観ている人がかわいそうですねー』

『はやく室井だせよｗｗｗ』

こちらの流れに乗って否定的なコメントが書き込まれていく。

それによって藤森の調子も上がっていく。

「はぁ？　今のがストライク？　選手も二流なら審判も二流かよ！」

　時折少し乱暴な言葉を織り交ぜ、試合に対する退屈さを怒りに変換させると、視聴者の飽きをこちらの怒りに同調させていく。

「所詮はプロチーム買収に失敗した堀切始の道楽ってことなんでしょうね。ショウとしても成り立っていませんよ」

　画面ではヨクトブボールズのカイザー・エスペランサと名乗る王冠を被った大道芸人のような格好をした男が、何もせずスリーストライクを告げられていた。

「野球もまともにやれねーのに、パフォーマンスばっかり先行しているから余計にさっむいのが目立つわー」

　ただ、馬鹿だ駄目だと言うのではなく、ちょっとした解説を加えて理由を与えるだけで視聴者はこちらが野球に詳しいと思い込んでくれる。

　藤森は実際のところ配球だの駆け引きだのには興味はない。意味があるかもわかっていない。

　だが、こちら側が意図を与えればそれが正解になる。

「一試合目は終了――。試合時間は……一時間弱か。短くまとまってはいますけど、内容は全くナシ。二試合目はみなさん注目の元プロ野球選手や元アイドルのミッキーが出るみたいですけど、このレベルじゃ期待できませんねー」

『ハードル下げるのに必死なのかも』

　というコメントに目が留まる。

「ハードル下げる意味はないですよね。というか一時間弱もこんな退屈な試合見せられたらお客さん帰っちゃいますよー。みなさんはチャンネルはこのままでお願いしまーす。ちょっとお酒の補充と休憩ねー。次の試合までには戻ってきまーす」

　配信休憩中の表示を出してPCの前を離れる。

　画面に映らないところで酔い覚ましの水を飲みながら二戦目の台本を確認する。

　台本といっても試合の内容がわからない以上喋ることのほとんどがアドリブであるが、事前に出場選手のリサーチをしておき、配信中に拾っていくための資料を藤森は台本と呼んでいる。何も知らない視聴者に対して多少の知識をひけらかすことで、少しでも見て得をしたと思わせることができるからだ。

　だが、それに近いことはテレビ中継でもやってくるだろうから、こちらは今までの試合で観た玄人がうなるタイプの泥臭いプレーを引き合いにだしていくのである。

　スターティングメンバー表を見る限り、二試合目はおそらくメインイベントにしたいのであろう、知識が野球に偏っている藤森でさえ名前を聞いたことがあるアスリートやタレントの名前が目に付く。

（やはり目を引くのは元アイドルの三木正宗だろうがここは手堅くやってくるだろうから、軽く野球バラエティを引き合いに出して持ち上げる程度でいいとして、進藤や室井あたりも現役時代のデータは用意した……）

そんなことを考えながら最強スポーツマン連合対ブラックミスツのメンバー表をみていると、ブラックミスツ側のメンバー表にある、一つの名前に目が留まる。

（ベースボールマスク？）

聞いたことがあるはずもない。どう考えても色物枠だろう。しかし経験者が多く、比較的真面目な編制の二試合目にしては妙な采配に思えた。

何より四番に配置されているという事実。

（サプライズ枠か？　とはいえ来週からプロ野球が開幕する以上、プロからの参戦は考えづらい。ドラフト指名拒否した有力選手も思い浮かばないしなぁ）

マスク、ということは正体を隠すのが目的なのであろう。

四番ということは確実に実力者、それも去年までプロで活躍していた室井以上の実力か人気を持つ選手だと推察できる。

（いや、人気選手だとすれば顔を隠す必要はないか……）

もし正体を事前に予測して当てられれば確実に盛り上がるだろう。

ドラフト指名漏れの選手のほか、大記録を持つ引退したレジェンドスターの可能性も視野に入れつつ憶測を積み重ねていく。

バッティングフォームや守備の癖などから、いくら顔を隠しても藤森には正体を突き止められる自信があった。

「それじゃあ後半戦始めますかぁ！」

ＰＣの前に戻った藤森は第二試合の実況配信を始めるのであった。

6

木製のバットがボールの真芯を叩いた時の乾いた音の後に、わっと球場が沸く。

その音量に欅田和樹（けやきだかずき）は思わず身をすくめる。

「パパ……こわい」

和樹は、隣でメガホンを両手に周囲の観客と同じようにはしゃぐ父・和宏（かずひろ）の裾を引っぱる。

息子の様子がおかしいことに気がついた和宏は、周りに合わせて立ち上がって応援していた姿勢からしゃがみ込むと、和樹と目の高さを合わせる。

「どうした？　便所か？」

「まえ、みえない……」

和樹は周りの熱狂に恐怖心を抱いてはいたが、同様に熱狂の中にいた父の姿に素直に言い出せず、とりあえずこの場を離れたい旨を口にしていた。

「あーそうか。そうだよなぁ」

選手のパフォーマンスや演出などエンターテイメント的な要素が強かった一試合目は、比較的ゆったり座って和樹も笑ってみられるような試合だった。

対して最強スポーツマン連合×ブラックミスツの第二試合は一回表から、一番二番と続く元短距離走日本記録保持者の溝端兄弟の足を使った二者連続セーフティバントと、それを凌ぎきったブラックミスツ側の守備という攻防戦。さらには会場の女子たちの目当てであった元アイドルの三木正宗の登場と、結果としてはスポーツマン連合の攻撃は三者凡退に終わったものの、一試合目とは打って変わったフィジカル全開の試合展開となった。

和宏を含む野球ファンはヒートアップし、それが会場全体を盛り上げていた。

堀切興行屋内運動施設と同じ市内に住む欅田家にも招待状が届き、「ただで野球が見られるぞ！」と息子を連れてきたが、さすがに早かったかもしれないと和宏は思い改め、和樹を抱き上げ席を離れる。

「かえるの」

「いんや」

和樹を抱いたまま背後に観客のいない壁側まで来ると、そのまま肩車をして和樹の目線を高くする。

「どうだ？　これなら見えるか？」

父よりも高い場所から見る景色。

一気に広がった自分の視界に思わず和樹は息をのむ。

そして少年は知る。

グラウンドの人工芝の緑が照明に照らされると、こんなにも鮮やかなこと。

その緑の上で動くユニフォーム姿の選手たちがどんなに小さくても、どんな動きをしているのかが見えるということ。

「ねぇ、パパ。あれ、なにしてるの？」

和樹が指さす先。

バッターボックスに立つ男の姿。

バッターボックスには頭に野球ボールを模した覆面を被った男の姿。

和樹の視界を動かさないように首だけ回してバックスクリーンを見る。

ブラックミスツ、四番、ファースト、ベースボールマスク。

和樹同様に会場が動揺してざわめく。

その名の通り顔を覆うボール男の様相に、ではない。

和樹はあれが何かを問うてはいない。何をしているのか、である。

覆面男は打席に立ったまま、バットで一直線に外野スタンドを指し示す。

ホームラン予告、である。

「おいおいおい、そいつは……」

やっちゃいけないだろう、という言葉を飲み込む。

ようやくスポーツらしくなってきたところなのだ。

おちゃらけで笑わせてもらうのは一試合目で十分だ。

和宏はマウンドに立つ大賀（おおが）という投手の以前の活躍は知らない。しかし、今日投げているフォームや球速を見る限り少なくとも素人とは思えない。マウンドに立つまでの梯子（はしご）を努力で立てた人間であり、当然怒っているだろう。

覆面男が行っているのはそういった努力を馬鹿にする行為である。おまえの投げる球などホームランにできると言ってしまっているのだから。

「ねぇ、パパ？」

「え？　……あぁ、あれはなんというか……これからホームランを打ってやるぞっていう宣言みたいなものだな」

「できる!?」

「できるっていう確信があって初めてできることだから、打つつもりなんじゃないか」

今日びホームラン予告などというものは、実際に打つという宣言というよりも、お祭り事を盛り上げるためのパフォーマンスという意味合いのほうが強い。

しかし、バッターボックス上で投手と向かい合う覆面男は、あまりにも堂々たる態度でバットを構え続けている。

マスクによって表情は窺えないにもかかわらず、その所作から貫禄すら漂わせる覆面男に思わず目を奪われてしまう。

（茶番、じゃあないのか？　まさか本気で予告をしているってのか？）

明らかに怒りを帯びたままマウンド上の大賀が振りかぶる。

対して、悠々とした動きでバットを構えるベースボールマスク。

大賀が振りかぶってから投げるまでの数秒間。

和宏に限らず球場全体が、グラウンド上の二人の本気にあてられ、時が止まったかのように静まり返る。

一瞬。

「きれい……」

幼い和樹ですら理解が及ぶほどの。

フルスイングとも違う。

力が込められていない訳でもない。

真円を描くバッティングフォーム。

バットの芯とボールの芯。

二つの球と円が点と点でぶつかり合える、ただ一点。

磁石のように、二つが吸い込まれるように引き合い、出逢った瞬間に弾け合う。

遅れて聞こえてくる木製のバットがボールを叩く音が、静まり返った球場に響き渡る。

打球は糸を引くようにライトスタンドへと飛び込んでいった。

7

ゆっくりとうねりをあげるような歓声が轟く。
路柱礼治は歓声がぶつかった衝撃で記者室の床が揺れるのを、ファインダー越しに感じた。

グラウンドでは先ほどの初打席予告ホームランに続いて、二度目の打席でもツーベースヒットを打ったばかりの覆面男・ベースボールマスクが横っ飛びのダイビングキャッチで、打撃だけでなく守備でも球場を沸かせていた。

八面六臂の活躍を収めたカメラの画像を確認しながら、背後でＰＣに向かって早速今日の出来事を記事にまとめている記者の本多隼人と、その横で携帯を弄っているアシスタントの渡辺若生に問いかける。

「あの覆面選手、一体何者だと思うよ」

「予想は色々できますけど、プロにしては特徴がつかめませんし、アマだとしたら上手すぎる。正体を隠す絶妙なラインですね。データは本社の知り合いに送ってあるんで、特定できるかどうかってとこですね」

「ってか、正体突きとめるのってそんなに重要なことなんすか？」

「だあほ。この試合を組んだ堀切始は相当に手の込んだことをやろうとしている。おもしろがられるんだよ、覆面ものの正体ってやつは」

「でも調べられてそんな簡単にバレたら、最初っから覆面なんてしなくねぇっすか。こっちがどんだけ予測したところで向こうにシラ切られたらそこまでっしょ」

「だったらシラを切れなくなるまで予測で外堀を埋めるんだよ」

覆面男の正体を理由から推測していくのは報道畑の人間らしい、と思いつつ路柱も自身の推測を挟んでいく。

「いや、渡辺のいうことにも一理あるぞ。長いこと野球を撮ってきているが、大打者ってのは長年最前線で打席に立ち続けているからこそなれるもんだ。そういう選手は必然的に自分だけのバッティングフォームが完成していく。たとえ引退した選手であってもその癖だけは隠せない。隠そうとしたらあんな綺麗なフォームは描けないだろう。逆にアマチュアであれだけやれる選手をスカウトが放っておくとも思えない。これは最初っから特定されることはないっていう自信があるから正体を隠しているだろ」

「逆に言えばこれから先、あの覆面の中身が入れ替わっても、フォームでバレるって話ですよね。だとしてもこっちは絞り込んでいくだけですよ。幸いにもプロ開幕前にこんな独立リーグの旗揚げ戦に張り付いてるのは俺ら一社だけですからね」

「スクープ独占っすね。ウハウハじゃないっすか？」

「おう、おまえはウカウカしてられないけどな。渡辺、あの覆面に張り付け」

「まじっすか？　あの覆面に？　どうせ球場出るときには外してんじゃないすか」

「だったら球場を出ていく関係者全員撮っておけばいいだろ。そっちは路柱さんにお願いするとして、渡辺はすでに顔が割れてる選手に張り付いて、練習場所でも特定してみろ」

「おいおい、全部撮れってか？」

確かに本多の言う通り、全員を写真に収めておけば、今グラウンドで試合をしている選手を除外でき、残りは裏方と顔を隠しているベースボールマスクだけとなる。あとは堀切興行の社員名簿でも手に入れれば裏方も除外できる。手としては堅実であるが、注目度がそれほど高くはない地方の独立リーグにそこまで手間をかけるのかと、路柱も非難の声を上げる。

しかし、適当な選手を見繕うべくスコアブックを眺める本多が、急に黙り込む。

不審に思った路柱は、横からスコアブックをのぞき込む。

ここを見てほしいと、本多は指で最強スポーツマン連合側の打者の成績をなぞり示していく。

五回のうち三回を終え、打者十二人。アウト数十二。四死球ゼロ。エラーゼロ。

「おい、これってもしかしてパーフェクトゲームか？」

「嘘だろ……ホームラン予告の次は完全試合だぁ!?」

「できないこともなくないっすか。ホームラン予告も完全試合もヤラセなら」

「だあほ！　ヤラセだって気が付いている人間がどれだけいるかってことだよ！」

路柱がファインダーをのぞきこみスタンドの観客たちを見ると、一部の観客がバックスクリーンに映し出されたスコアを指差している姿が見えた。

本多同様に気が付いているのだろう。

この試合の結末と、そこに至るまでの全てが、その名の通りに〝ショウ〟である可能性に。

だが、それがいつから行われていたのか。

もし仮に完全試合で終わると予測はできても、それがいつから行われていたのかを理解して観ていた者など皆無であろう。長年、野球というものをカメラに収めてきた路柱ですら、その予兆を感じ取ることはできなかったのだ。

渡辺の言うように最初から両チームが談合をしていたのならば、それも不可能ではないだろう。

むしろショウリーグという名称からして向こうから示していたのだろう。

これは台本のある試合であると。

かつて実際のニュース風にキャスターが宇宙人襲来を伝えるというラジオ番組を聴いた

聴取者たちが、本当に宇宙人が来たのだと信じてパニックに陥り避難したという話がある。それがフィクションであるという先入観がなければ、どんな滑稽な虚構であろうと現実と混同してしまう。

元プロ野球選手やアスリートを掻き集めて、スポーツという聖域を率先して汚していこうとしていたとは夢にも思わない。ましてや宇宙人の襲来を信じてしまいそうになるくらいの緊張感がこの試合にはあった。

路柱は緊張を覚えた場面として、先ほどカメラに収めたベースボールマスクのプレーを思い出していた。

「この試合がヤラセだとしたらさっきのダイビングキャッチはどう見る？　あれも予定されたプレーだったってことか？」

この試合の最終目標が完全試合だとするならば、盛り上げるための演出にしては些(いささ)かギャンブル性が高い。

「普通に野球をやっていた、と言うと今度はあまりにも都合がよすぎやしませんか。ホームラン予告に完全試合、しかもそれが旗揚げ戦ですよ」

「逆に、逆にすけど、パーフェクトを狙っていたってならダイブしてまで取る必要があったんじゃないっすか」

しかし、そんな路柱の疑問に対してヤラセだという観点からすれば、納得のいく根拠も出てきてしまう。

「結局堂々巡りになるか……完全試合達成中の投手の情報は何かないのか？」

「えーっとすね。名前は牧之原……あかば……じゃなくてこうよう？」

「紅葉（もみじ）だろ」

「選手名鑑ヒットなし。検索エンジンでも個人名のSNSヒットなし。観光スポットしか出てこないっすね」

「有名どころしかおさえてなかったからなぁ。特別球が速いわけでもない。フォームはブレてないけど、それくらいのことは今じゃ高校球児ですら当たり前のスキルだからなぁ」

「っーか別に投手は覆面被ってるわけでもないんですし、こっちは正体とか関係なくないっすか？」

「あぁん？」

「だってパーフェクトを仕組んでいるってんなら相手に打つ気なんてないっすよね？　だったら投手なんて誰だって一緒じゃないっすか」

「それはヤラセだって結果ありきの結論だろうよ。俺たちは今の今までそれに思い至らなかったんだぞ？」

路柱は本多の放った〝結果〟という言葉にひっかかりを覚えた。

なぜ自分たちは、彼らが野球をやるだろうという結果を事前に予測していたのか。

答えは事前に公表されていたスターティングメンバー表にあった。

アスリートやアイドルやプロ野球選手を集めて球場でトークショーをしたってよかったのだ。

にもかかわらずここに集まった人間のほとんどは、路柱をはじめ、本多も渡辺も、おそらく野球に近い何かが行われるだろうという予想のもとにこの試合を観ようとしていた。

ファインダーを再び覗き、球場全体を見てみると改めて、野球に関連する要素が目に付く。

ショウリーグを冠するロゴのデザインには緞帳の開かれた舞台の上で堂々と交差するバットとボールが描かれていたが、堀切始が買い上げたのはもともと野球の独立リーグだったのだから不思議ではなかった。

グラウンド脇にボールボーイが座っているのも、球場にビールの売り子がいることも、バックスクリーンの表示が野球のスコア表記だったことも、気にも留めなかった光景だが、野球という概念が頭にあったからこそ自然と連想してしまったのだ。

野球をするという結果を予想していたのだから、自然と元プロ野球選手やアスリートにも目が向く。

だとすれば、と路柱はスターティングメンバーを再度見直す。

そしてその中のプレーするメンバーではなく、スタッフの中に混ざっていた名前を見つける。

丹波哲斗(たんばてっと)。

事前の検索結果では舞台演出家となっている。

つまりショウとはこの野球全体を示しているのだ。

ゆえに登場人物たちはみながキャストである。

アスリートに混ざって俳優名鑑でしか名前が出てこないような無名の俳優がいたのもうなずける。

野球選手やアスリートが引っ張っているだけではない。

役者たちもまた、プロのアスリートの技術を演技に引っ張っているのだ。

試合内容の全てが演技。

舞台役者ならば、何十分にも及ぶ長尺の殺陣(たて)も練習すれば不可能ではない。

だが、それを野球という、打った球にイレギュラーがいつ発生してもおかしくない競技で行えるのかという疑問は残る。

この試合がヤラセだとまだ決まった訳ではない。理屈をつけようと思えばどちらともとれる。

そのどちらにも『だが』がつきまとう。

それが真でも偽でも『だが』の言葉でいくらでも覆る。

完全試合。

その名とは裏腹にとてつもなく危うい綱渡り。

だが、今グラウンドに立つ者たちはそれを成し遂げようとしているのだ。

8

「ゲームセット！」

審判の声とともに試合が終わりを告げる。

当然のごとく完全試合。

大森王司は隣に座る連れの男を横目で見る。

阿県杏樹は膝の上で両拳を強く握り、黙り込んだままだ。

やはり納得していないのだろう。

彼の目的は現役を退いた進藤悟の、現役さながらの活躍をまた見ることだった。

その目的は果たせた、といえる。グラウンドで躍動する進藤の姿には現役の頃から全く衰えていない切れがあった。むしろ故障に苦しんだ晩年よりも戻っているようにすら見えた。

だがしかし、結果がそれを許さないのだろう。

進藤は負けた側のチーム、すなわち完全試合をされた側だった。

示された結果は明らかに、仕組まれたものであると考えるほかない。

だとすれば、進藤はそれに荷担したことになる。

怪我により引退した選手であっても、素人相手にならば演技を匂わせずに完全試合をやり遂げさせることができてもおかしくはない。

輪を描くようにグラウンドに一列に並び、帽子を取り客席に向かって頭を下げる選手たちに対し、唐突に冷ややかな感情がこみ上げてくる。

大森は黙って阿県の肩を叩く、「帰ろう」と。

阿県もまた黙って立ち上がる。

立ち上がる、が、その場で手を叩き始めた。

それはまさしくスタンディングオベーション。

最上級の賞賛を示す阿県の目からは、ポロポロと涙がこぼれ落ちていた。

「王司ぃ……俺、俺もう幸せで……幸せだよぉ。俺こんな……こんなに泣けるなんて……うぇぇ……」

「何でやねぇん！」

思わず体ごとのけぞり、普段使いもしない関西弁が飛び出していた。

「違ぇよ！　もっとこう……あるだろ！　あんな茶番を見せられて！」

「進藤選手のあんな全盛期さながらのムーヴ見せられて、手ぇ抜いてるなんて思えるわけねぇだろうよぉ」

「こんな開幕から完全試合なんてあるわけないだろうが！　そんなヤラセに進藤選手が荷担しているんだぞ⁉」

「それのどこが悪いんだよぉ……全力同士がぶつかりあって完全試合とかめちゃくちゃかっこいいじゃねぇか……マンガみたいでよぉ」

大の男があふれる涙を抑えきれず、しゃくりあげるのに若干引きながらも、大森はその言葉に戦慄する。

マンガみたい。そうなのだ。

マンガだけではない、ドラマや映画、スポーツを題材にしたエンターテイメントにも全てシナリオがある。

創作上では選手たちはルールに則り、フェアプレーで真剣勝負を行っている。

しかしそれは当然、机上の設定にすぎず、実質的には創作者の都合一つでいくらでも変えることができる。

努力や練習を重ねれば『絶対に』結果を得ることができるし、物語上の盛り上がりが必要であれば、理屈をつけて弱者を強者に『絶対に』勝たせることだってできる。

だが、それのどこが悪いのか。

阿県のその言葉に帰結する。

創作上のスポーツに対してヤラセだと非難する人間はまずいないだろう。

創作上の人物が意図もなくただ勝利のためにぶつかり合ったら、エンターテイメントなどは成り立たない。

そして〝ショウリーグ〟は、初っぱなから『ショウ』であると謳っている。

大森もまた完全試合を匂わせるまでは、否、匂わせてからも、どちらかが手を抜いているような気配を感じ取ることができなかったのだ。

再びグラウンドに立つ選手たちに目を向ける。

先ほどと何も変わらない。

何も変わらないはずなのに、不思議と冷ややかな感情はどこかへ消え去っていた。

少なくともただのお遊びでは到底到達することはなかったであろう。

阿県や大森だけではない、球場にいる幾人もの人間がそのことに気づかされてしまっていた。

そして、そこにたどり着くまでの努力と結果にいつしか拍手と喝采を送ってしまっていたのだった。

9

堀切興行屋内運動施設。

昨日の熱狂とは裏腹に、客席に人っ子一人いないグラウンドでは選手たちが今日も実戦形式で練習を行っていた。

もっとも彼らはその練習のことを『稽古』と呼称しているが。

しかし、稽古とはいえ野球には攻撃と守備が存在し、攻撃側はチームから打者一人しかでない。実際の試合では打席に立たない選手はベンチから試合を見守り声援を送ったりもするのだが、いま熱い視線を送るのはコーチと呼ばれる演技指導の人間たちだけで、他のキャストたちは各自休憩に近い状態になっていた。

ヨクトブボールズ所属の君島幸太と若宮和算もまた打順を待ちながら、かたや新聞を読みながら、かたや軽いストレッチをしながら談笑に勤しんでいた。

「それほど話題にはなってねぇなぁ……」

「新聞ですか？　記者さん一社しか来てなかったらしいですからね」

「むぅん。その来てた地元紙ですらちっちぇー扱いだぞ？」

「しょうがないんじゃないです？　もともとマスコミはプロのスポンサーとべったりだから、こんな独立リーグを大々的に取り上げたら干されちゃうでしょうし。ただでさえ向こうは開幕戦近いですし」

「とはいえ一面をデカデカと飾れるくらいにヤバいことしでかしたんだぞ」

「反面、ネットじゃあ結構反響出てるみたいですけどね。配信の方も昨日の今日で結構数字伸ばしてるみたいですし」

「でもネットの方はウチの広報班が操作してるんだろう？」

「操作って……どんだけ古いんですか、そんなことできませんよ。ちょっとネットの目のつきやすいところにニュース記事置いとくくらいのもんでしょう。まぁ僕らの一試合目はほとんど話題になってないし、取り上げられたとしても散々な評価ですけどね」

自嘲するような苦笑いを浮かべる若宮に対して、君島が小首を傾げる。

「なら狙い通りじゃねぇか？」

昨日行われたショウリーグ第一節。メインは二試合目のブラックミスツの完全試合であるため、一試合目のヨクトブボールズ側は目立たずに試合をこなす必要があった。

「ですね。でもやっぱり悔しくないですか？」

「メインの試合に出られなかったことがか？　ブックメイカーの手のひらの上で踊るのがか？」

「前者が八割、後者が一割ってところですかね」

「残りの一割は？」

「一試合目にもあれだけ仕込んだんですから、誰か早く気づいてくれないかって感じですね」

「まぁ、来週の第二節で嫌でもわかるだろ。その辺はブックメイカーの匙加減に任せて俺たちは俺たちがやれることをやればいいさ」

君島は新聞に向けていた目をちらりと若宮の方へと向ける。

君島と若宮はともに、所属していた独立リーグが堀切興行に買収された際に残留を決めた、いわゆる居残り組である。

ヨクトブボールズというチームの中では、やはり元々同じ釜の飯を食べた間柄であるために比較的距離も近い。

とはいえ君島と若宮では歳が一回りほど離れているため、やはり若さを感じていた。

「焦らなくても俺たちにだって出番はくるさ。なくてもアドリブだって許されてる訳だしな」

「中難度のブック通りにやり遂げるのも一杯一杯なのに、アドリブやろうなんてまだまだきついですよ……」

昨日彼らの試合を見届けた多くの者たちの予想通り、ショウリーグとはルールやスポーツマンシップにではなくシナリオに則るスポーツである。

キャストには何回に誰がヒットを打ち点を入れるか、ピッチャーは目の前の打者を何球でアウトにとるか、事細かに記された〝ブック〟と呼ばれる台本が配られる。

それに従い、役者として野球選手を演じるのが彼らキャストの仕事である。

キャストはそれぞれ堀切興行の契約社員となり、基本報酬は一律。

基本報酬のみであれば最低賃金ぎりぎりのアルバイトとほとんど変わらないが、そこにブック達成報酬が上乗せされる。

それぞれのキャストに割り振られる台本は難易度別にランク分けされる。

高難度ならば、ファインプレーを演出する、狙った位置に打球を飛ばす等。

中難度ならば、ヒットやアウトのみを達成すればいい等。

そして役者やアイドルなど、野球未経験者向けの演技を中心としたパフォーマンス重視の低難度。

高難度になればなるほど報酬はあがり、最高難度のプレイヤーはプロ野球にも劣らない報酬を得ることもできる。

広義で彼らがやっているショウは演技であり、それは真剣さを魅せる演技であることも事実だが、彼らにとって台本を全うするというのも仕事の一つである。

「あのブックって黒田さんが全部書いてるんですよね？　僕らの査定も含めて」

「というか、元々ここにいたメンバー以外はほとんどあの人がスカウトしたらしいからな」

「何者なんですかね、元から所属していた僕らは食い扶持のためだからとしても、アイドルやらアスリートまでスカウトできるなんて」

「元放送作家だとかなんとか聞いたことはあるけど」

「あぁ、それで俳優とか演出家にもツテがあったってわけですか。たしかにバラエティ番組とかだったら色んな業種集まりますもんね」

「だとしてもまぁ、それをスカウトできるかどうかはまた別の話だけどな」

「いやぁ、でもウチの社長、金もってますからねぇ」

「金で買えるものと買えないものがあるだろ」

「あるんですかね？　僕はわりと金で買えないものはない派ですけど。額が変われば大体なんでも買えそうな気がしますよ。実際僕らの人生だって、金で買われたようなもんじゃないですか」

「雇われるのと買われるのは別だろって言いたいところだけど、まぁ、本来俺たちがやりたいと思ってた野球とは別の野球をやってる時点で否定もしづらいわな。あ、でも知ってるか？　プロチーム以外にウチの社長が買えなかったものがもうひとつあったらしいんだよ」

「なんすか」

「自分の夢」

「それ、ロマンティックが止まらないっすね」

「真面目な話だよ。前の買収騒ぎの時に週刊誌の記事読まなかったか？」

「さぁ、読んだとしても数年後にこうして関わるなんて思ってもみなかったですし、覚えちゃいませんよ」

「確かに俺らの世代にはセンセーショナルな記事だったが……そうか、下戸晋也を知らないか……」

「知りませんね。誰すかそれ」

「消えたスターってやつだよ。まぁ、うちの社長の眉唾もののスキャンダルみたいなもんだな。金持ちでも夢は買えないっていう話さ」

「夢ねぇ。でも、それを金で買えないっていうなら、ウチの社長の夢ってなんなんですかね？」

「そりゃこのショウリーグを成功させることだろうよ。バカみたいな額の金をつかって、自分の思った通りの試合を満足いくまで見られるなんてそれこそ夢のような話だろ」

そう言いながら君島は、若宮に対して、やはり若さを感じた。

夢という言葉にあまりにも希望を持ちすぎているのだ。

君島は知っている、というよりも思い知らされている。夢を叶えたところでまた次の夢が生まれ、際限なく続く。そんなものはただの目標と同じであり、いつしか疲弊して、徐々にそこから遠ざかっていく。

夢があるから前に進めるのではない。夢なんかを持つから前に進まないといけないと勘違いするのだ。

現実的に生きていくには、どこかで夢というやつと折り合いをつけなければならない。

「でもショウリーグの成功はビジネスとしてじゃないですか。ただでさえ金持ってるウチの社長が今更そこで成功したところで、金が増えてもしょうがないじゃないですか」

「それを実現できるのは堀切始のような成功者だけだよ」

便宜上、社長に対しての表現なので成功者と呼んだが、君島はそういった人間のことを馬鹿だと思っている。

現実を見ずに生きていられる馬鹿だけが成功するのだ。

そして若宮はこちら側の人間、いつしか折り合いをつけていかなければならない凡人、それを理解できていないのだ。

夢なんて眠っている時に見ればいいのに。

清く正しく美しいのは若宮のほうだ。

だが現実はそんなに甘くはない。

若宮もいつか大人になればわかるだろう。

「社長や君島さんみたいに成功する側になりたいもんですねぇ」

「は？　なんでそうなる」

君島にとっては若宮と自分が同じくくりであって、成功者と呼ばれる馬鹿と同じにされるいわれはなかった。

「だって夢あきらめずに、こうして野球一本で飯食えるところまできたじゃないですか。俺なんてまだそうはなれてませんもん」

いわれてようやく君島は気が付く。

いい歳して、体に無理を言わせて、必死に稽古に参加して、プロとおなじくらいの難易度のブックに挑戦している己の姿に。

あぁ、そうか、俺も夢を諦めきれない馬鹿だったのかと。

独立リーグを買い上げられ、それでもなお野球をしたくて、気づけば野球とは違ったことをしている。

そしてそれは君島や若宮だけではない。他に何人も居残り組として堀切始の馬鹿な夢にのせられているんだろう。

上から下まで馬鹿ばかり。

そりゃそこにいる自分も馬鹿なわけだ。

10

猫削音々は妹の寧音が高いびきをかいて夢の中にいるのを、その枕元に立って見下ろしていた。

とっくに日は高く上り、カーテンを開けた窓から煌々と日光が差し込んでいるが寧音は意に介さず起きる気配もない。

音々は手に昼食の握り飯と味噌汁のお椀を載せたトレイを持っていたので、蹴り飛ばして起こしてやろうかとも思ったが大人げないのでトレイを机に置く。

その机の片隅にアロマポットが置いてあり、妹の部屋に入った時から感じていた「女子の部屋感」の原因はコレだろうか。

野球バカの癖に妙なところで色気づいていることに若干の苛立ちを覚え、音々は黙って妹の鼻を摘むと捻り上げた。

「にゃっ、にゃにするにゃー?」

「いつまで寝てんだ。とっくに昼飯の時間だぞ」

「なー……あー兄貴か……びっくりしたぁ」

「語尾。忘れてんぞ」

「あんなんは外でのキャラ付けだもん。なんで家でまでやらにゃきゃ……にゃ？　にゃんで兄貴が外での私の語尾のこと知ってんのよ！」

「え、民子ちゃんから聞いてるから。親父もお袋も知ってるぞ」

寧音は寝起きで八方に跳ね広がった髪に指を突っ込みかきむしりながら、家の外でのキャラ作りを家族に知られるという羞恥にひとしきり悶え苦しむとぱたりとその動きを止め、ふぅとため息を漏らす。

「昨日の試合、ネットで議論してたから遅かったんだよ……」

「それだよそれ。現地の話聞きたかったのにいつまで寝てんだよ」

「どうせ兄貴も配信で見てたんでしょ。見ての通りだよ。満場一致でヤラセ確定」

「で、おまえはそれにいつから気がついてた？」

「それは……」

寧音はベッドの上であぐらをかき、パジャマ姿のまま握り飯を頬張りながら考え込む。

「……うーん。最終回にはもう完璧に『あーこれは完全試合ですわ』って思って民子に完全試合の解説してたし、四回くらいからだったかなー？」

「正確には四回の表のスポーツマン連合の攻撃中に、じゃないか？」

音々の質問の意味が分からず寧音は首を傾げる。

「配信だと、実況が気がついたのはその頃だってこと?」

「そうだ、けど実況が気がつく前に俺はそれを予感していたし、おそらく他の視聴者の多くも気がついていたはずだ」

「どういうこと?」

音々は自分の携帯端末を取り出すと昨日の試合の配信映像を呼び出し、一部分を寧音に見せる。

「これ四回の表の攻撃が始まる前の映像な」

観客席をカメラが捉えた映像。

その中で映し出された観客の一人が、隣の人間と話しながらスコアボードの方を指さしているのがわかる。

「あぁ、これ見て配信の人たちは『スコアボードになにかある、そうだ成績、あれもしかしてこれ完全試合じゃね?』っと連想したわけね。会場にいる人たちもこれが伝播していったと……ん? あれ、ちょっと変じゃない?」

寧音の感じた違和感。

別に観客席の様子を映すというのは珍しいことではない。

バックスクリーンに自分たちの映像が映っていれば指もさすだろう。

だがその映像は〝すでにバックスクリーンを指している人〟の絵である。

だからこそ、寧音は一目で彼らが指しているものがスコアボードだと思ったのである。

となると、カメラは彼らがバックスクリーンを指しているからそこを捉えたことになる。


寧音の違和感に対して音々が解答を差し出す。

「これ多分サクラだろうな。客の中に何人か事前に完全試合が行われるのを知っている人間がいて、『あれ、もしかして完全試合じゃないか？』って、わざとらしく周囲に聞こえるようにつぶやいてたんだろう」

「何のために？　あそこにいたのはアイドル目当ての野球素人ばっかりじゃなくて、普段から野球を見慣れている人たちだっていたんだよ？　こんなことしなくても気がつくでしょ？」

「いや、逆だ。普段野球の試合を見慣れている人間ほど気がつけない。通常九回までの試合で完全試合を意識し始めるのって何回からだ？」

「五回……あ」

「そうだ。五回にはもうショウリーグじゃ試合は終わっている。そしてその五回からっていう数字は、単純に半分イニングを消化したからじゃない」

「先発投手に勝利がつく規定イニング数か……」

野球では通常、先発投手が勝利投手となる権利を得るには、五回までを一人で投げきり、なおかつその時点で相手チームよりも多く点数を取った状態でマウンドを降りなければならない。

そうすると投手交代する際の目安として球数や戦績に目が向き、完封や完全試合等の投手の個人記録を意識し始めるのだ。

「野球ファンだと意識できず、野球ファンでなければ気がつくことなどないから、こういう形で会場全体に完全試合が果たされそうだという意識を共有させていたってわけ……でもなんでそんなことを?」

「おまえ自分で言ってただろ、『満場一致でヤラセ確定』だって。ホームラン予告も含めて、試合が終わる前までに観客にショウであることを意識させたかったんだろうさ。ショウなら意図して完全試合を達成しても、あくまで演出なんだろうからな」

「……」

「意図的に完全試合を達成することが目的ではなく、それを観客に理解させることが目的

「もしショウであると示すのが目的なんだとしたら、あの完全試合はメインイベントって

ことになる。なら、あの素人感満載の、醤油の上に塩まぶしたようなしょっぱい第一試合はなんなんだって話にならないか？」

「そんなもの、演出意図のない凡庸な試合だったんじゃない。だって見てても誰も気がつかなかったんだから」

「そこだ。そこなんだよ。二試合目でそこまで用意周到に仕掛けていたにもかかわらず、何故あの一試合目では誰も何も感じなかったんだ？　向こうが意図を見せなかったからだろう」

「考えすぎじゃない？　そりゃメインの二試合目の前座だからでしょ。引き立て役としては意味を成してるとは思うけど……」

否定の言葉を口にはしてみたものの、寧音は内心引っかかっている。

昨日の試合にそれだけの強い意志を何か感じたのだ。

「だと思うか？　たっぷり一時間、メインの試合と同じ時間を前座にとるか？　俺は思うね。何故彼らは〝ショウリーグ〟と名乗る？　野球を舞台にしたショウをしたいなら、ベースボールショウとでも名乗ればいい。だがリーグだ。つまり続くんだぞ、これが。なら、意味のないと思われていた演出が後になって意味を持ってくることもある」

「伏線を張ってるってこと？」

「そう、そいつを回収される前に見つけだせたら最高に気持ちいいぜ。ここまで派手にぶちかましたんだ。ほとんどの目は二試合目に向いている。というより向けられることこそが演出とさえ思えてくる。だとしたら隠してるぜ。絶対に」

11

『どうやら今回の試合のコンセプトはホームラン合戦でしょうか。
ここまでの得点は全てホームラン。
全員フルスイングのヨクトブボールズに負けじと、
フルスイングで応える最強スポーツマン連合。
おっとまたここでホーーームランッ!!
本日の予報は晴れですが、観客席にはホームランボールの雨霰。
まさしくよく飛ぶ、よく飛ぶ。
ボールがよく飛ぶヨクトブボールズ管野選手のホーームランです!』
テンションの高い実況の言い回しに宇佐見歌吉はくすっと笑う。

ショウリーグ第二節。

ヨクトブボールズ×最強スポーツマン連合の試合は、両軍合わせてホームラン数が二桁に届く大乱打戦となっていた。

ぽんぽんとホームランが飛び出す様は、観ていて気持ちがいい試合だった。

モニター越しにではあったが、宇佐見は賞賛の拍手を送っていた。

それは試合にというよりも、そこで活躍する選手の演技に送るものであった。

先週、かつて宇佐見と同じ劇団に在籍していた先輩の役者である大和弓矢（やまとゆみや）から、「自分も出るから是非に」と連絡を受けて見始めたショウリーグなる野球の試合。

宇佐見は普段からスポーツ観戦には興味もなく、周りで話題になっていればニュースで見所だけ押さえる程度のミーハーな知識しかない。

だからこそ見ていると、なるほど確かに演技でしかありえないような動きがあることに気づく。

特に今日の試合は見るからにホームラン合戦。

それを際だたせるためにホームラン以外の打球は全て凡打になるようにといった徹底ぶり。

それゆえに守備が直線的すぎる、というよりも打球に対する反応が早すぎるのだ。

何万発とパンチを見てきたプロのボクサーは、相手が拳を繰り出そうとした瞬間にモーションからどこに打ち込んでくるのか、二手三手先まで感覚でわかることがあるのだと言う。それは練習で染みついた癖のようなものであり、その選手特有のリズムだ。

それと同じように、優れた打者は守備において、相手打者のスイングが始まった瞬間にどちらに打球が飛ぶのかを予測することができる。

だが、これはそれよりも早い。

投手が投球フォームに入った瞬間に、大和は数歩ほど守備の位置を変えて、構えを見せているのだ。

そして案の定、そこに打球が飛ぶ。

野球の知識が特にないため、試合全体ではなく知り合いの演者にのみ注目していたからこそ気がついたことだ。

それに宇佐見が気づいたということは、他にも気がついている人間がいるだろう。

「それを見せちゃーだめっすよねぇ……」

最初は失望がきた。

宇佐見が劇団を離れてから何年も経ち、大和の演技を見るのは久方ぶりだ。

宇佐見は大和から、かつて同じ劇団で様々なことを教わってきた。

そんな大和が野球という真剣勝負の世界で演技をしている。

以前から大和弓矢という役者は演技にリアルを求めず、分かり易い大仰な演技を追求するタイプだった。

コメディならまだしも、シリアスな芝居でも常にオーバーリアクション。

笑えと言われればげらげらと笑い、怒れと言われれば顔を真っ赤にして怒鳴り散らし、泣けと言われればわんわん泣く。

そういった分かり易い演技は、初めて演劇を見に来る一般の客にとっては自分の中に持っているイメージに近いので理解されやすく、好まれる。しかし、数多く演劇を見に来るようなリピーターや同業者には目立とうとしていると、あざとい演技だとして好まれない。

『目立ちたいわけじゃない。ただより多くのお客さんにこの劇を楽しんでもらいたいだけ』

大和のそういう演劇に対するスタンスを宇佐見は嫌い、衝突したこともあった。

逆に言えば宇佐見が求めた演技は、相手チームの最強スポーツマン連合のそれが最も近い。

一戦目は足などの揺さぶりで完全試合というものをカモフラージュし、際だたせた最強スポーツマン連合。

そして目の前で繰り広げられている第二戦では、相手に合わせたホームラン合戦で応えてみせている。

特に守備においてはヨクトブボールズのバッターがいくら全打席フルスイングでも、全てがホームランになるわけではない。

バットの芯でボールを捕らえきれずに、打球がヒット性の当たりになることもある。

スポーツマン連合と名乗るだけのことはあり、彼らの場合、打球を目で追った上で反応できるだけの反射神経があるのだろう、見ていても守備に不自然さがない。このショウリーグという舞台においてリアルに見える演技としてそれを成せている。

相手に合わせたプレイングを要求されても、それに応えられるだけの実力者が集まっているのだ。

かつての宇佐見歌吉はそういう演技を目指していた。

今、宇佐見は演劇の道を離れ、親が他界し知識もないまま実家の酒屋を継いだが、経営の仕事だけなのでなんとかやれている。当時付き合っていた彼女と結婚し、娘も一人授かった。

かつて求めてやまなかったリアルを手に入れたのだ。

培(つちか)った演技は客商売において大いに役立っているが、いい演技だと評価するものもいない。

最初に押し寄せた失望は音もなく引き、心臓の鼓動の高まりとともに羨望の気持ちが膨れ上がる。

大和弓矢は大和弓矢のまま変わっていない。

それは変われなかったからではなく、変わろうとしないでいてくれたんだと。

そう考えてしまうのは虫のいい話だろうか。

大和がそんなことを考えてやっているわけではないだろう。

彼はただそれしかやり方を知らないだけだ。

だとしても宇佐見自身、時を経て何かで在り続けることの難しさを知ったからこそ、大和の変わらない演技への姿勢が胸を揺さぶる。

「なんか生で観てみてぇなぁ」

というか演ってみたい。

今の自分ならどんな演技ができるだろうかと。

目に見えないバットを振ってしまう。

宇佐見の振るバットに合わせて、画面からはまたひとつホームランが飛び出す快音が響いた。

12

マウンド上ではっきりと首を横に振る邪腹譲二の姿を、諜野茶太郎は視界の狭いキャッチャーマスク越しに見た。

周りからは見えていない諜野の表情は実に苦々しいものだった。

（は？　ここで仕掛けるってのか？）

ホームラン合戦で観客が温まった第一試合直後の第二試合。一回の表ブラックミスツの攻撃。

三番打者にツーベースヒットを許し、迎えた四番ベースボールマスク。

事前のブック通りであれば、初球インコースのストレートを打たれて先制ツーランホームランとなる場面。

ここで投手が首を振った。

バッテリー間の合図では、これはアドリブを仕掛けようとすることを意味する。

矛盾をはらむようだが、彼らショウリーグキャストはブック通りに試合を進行すると同時に、アドリブを行うことが許されている。

ブック通りに遂行すれば追加で報酬がもらえるために、基本的にはブックに従うのが筋だ。

ただ野球という競技を元にしている以上、何らかのイレギュラーによるブック不履行は発生する。

それをペナルティという形で減給されるのではなく、ブック通りにプレーできたことに成功報酬として上乗せするという形をとっているだけだ。

だからアドリブも自由。その後の査定次第では、そのアドリブを誰が阻止したかによって成功報酬も変わってくる。

極端な話、ブックに書かれている内容に従う必要性自体なく、人数に余裕がない現状ではスタメン争いもないため試合を外されることもない。

基本的にこのグラウンドに集った者たちは皆、自分がショウリーグのキャストの一員として承諾した者たちばかりである。今更台本通りに動くことにわざわざ抵抗を示す必要もない。

あえてアドリブを挟むからには、邪腹には何かしらの考えがあるということだ。

それを理解した上で諜野はブック通りにやろうというサインを送る。

だが、マウンド上の邪腹は再度首を振る。

向こうにアドリブを仕掛けようという意図があるように、こちらにもブック通りに進行してもらいたい理由があるのだ。

首を動かさず目線だけで見上げてその理由に目を向ける。

バッターボックスに立つ覆面男。ベースボールマスク。

前回の試合で予告ホームランを打ち、牧之原紅葉の完全試合とともにショウリーグの方向性を指し示したこの男の本当の役割は別にある。

絶対防御の盾と、絶対破壊の矛。

完全試合を果たした牧之原がこの先、防御率ゼロを維持し続けると同時に、打率十割を維持し続けるのがベースボールマスクに課せられた役割である。

いわゆるショウの象徴となること。

そして邪腹はそれを崩そうとしている。

我の強いピッチャーであることは知っているが、ここでのアドリブは御法度。

これからのショウリーグの方向性すら変えかねない。

とはいえ、捕手の側からはもうどうしようもない。

結局のところ、やるかやらないかは投手次第になるのだ。

エクスギャンブラーズの中では役者上がりであり、恰幅がいいのと肩が強いという理由でキャッチャーとなっただけの諜野からすれば、下手なコースに投げさせてボールをパスすればこちらに責任が及ぶのだ。

　完全なる板挟みとなった諜野はこれだからピッチャーは嫌いだと叫びたかったが、こちらの一悶着を悟られてはアドリブの意味がない、二塁への牽制を指示し決断を下すまでの時間を稼ぐ。

　邪腹もそこには同意を示し、牽制を挟む。

（その象徴を奪うのが目的ってことだろうな）

あらかじめ定められたコースに球が投げられても確実に打てるバッターは限られる。

しかし、まだ二試合しか行われていないため、打率十割のバッターはこの段階ではベースボールマスク一人ではない。

　諜野のいるエクスギャンブラーズにも、一試合目で全打席ヒットを達成しているバッターはいる。

　ここでベースボールマスクのブックを崩してしまえば看板要員はこちらにうつる可能性もあり、チームの重要性、ひいてはそのチームのエースとして自分の重要性があがるという考えだろう。

だがベースボールマスクにその大役が任されているのは本人の実力以上に、牧之原の存在が大きい。

絶対に守る投手と絶対に打つバッター、最強の盾と矛の両方を持ち覇道を突き進む、エースチーム・ブラックミスツ。そこに各々の個性で挑むのがショウリーグの今の方向性だ。

その盾と矛は圧倒的な力を持っていることの象徴としての意味合いがあるが、同時に「最強の投手と最強の打者が戦えばどちらが勝つのか」という、誰しもが思う対戦カードを実現できないように同チームに押し込めているという一面もある。

その片方をエクスギャンブラーズが奪えば、必然的にその対戦カードが実現してしまう。それを成そうとする邪腹の行動は、一見するとショウリーグのシナリオの根幹を破綻させる自爆行為のようにも見える。

だが、実際には防御率ゼロと打率十割が衝突しても矛盾は生じない。

防御率は被得点によって変動するものであり、被安打だけでは変動しないのだ。

つまり、盾はいくらヒットを打たれたところでホームベースさえ踏ませなければ防御率ゼロを維持できる。

（逆に言えば矛の方は打たない訳にはいかないから、投手側がずっとヒットを打たれ続ける展開が続いてマンネリ化するんじゃねぇかと思うんだが……まぁ、その辺はブックメイ

カーの仕事だしな）

どうやっても自分ではどうしようもないと悟ると、諜野はあっさりと切り替える。考えようによってはアドリブの責任は邪腹に押しつけて失敗してもブック通り、ベースボールマスクの打率十割を阻止すればエクスギャンブラーズの躍進も見えてくる。やけくそ気味になりながらも、とっさにアドリブ用の球筋を組み立てる。

ブックでは二球勝負となっている。

初球は見逃して、二球目で内角高めをホームラン。

諜野は邪腹にその二球目の球を大きく外し、低いコースに投げ込むようにサインを送る。二球目で勝負することが決まっている上にホームランを打たねばならないベースボールマスクは当然これに手を出してくるが、内角低めの球をホームランにするにはよっぽど狙っていなければならない。

観客はベースボールマスクをまだ打率十割の選手としてではなく、予告ホームランの選手として認識している。ブックとしてはここでわかりやすくホームランを打たせてベースボールマスクに注目を集めたい。そのブックに従うべく、下手に当ててヒットや凡打にしないようベースボールマスクのバットは空を切った。

マスクの下の表情は窺えないが動揺しているだろう。

もともとは二球勝負。ここで勝負が決まらなかった場合、必然的に次の投球はブックには載っていない。真剣勝負となるのだ。

だが、諜野はマウンド上の邪腹に投球とは別のサインを送る。

それを見た邪腹は特に頷く仕草を見せずに、一旦マウンドを外し、ロージンバッグを手に取る。それが再度やり直しのサインとなる。

コントロールが乱れ予定外のコースに投球してしまった場合、通常であれば次の投球は次のブックに記された球を投げることがアクシデントの際の対応策である。

しかし、これは試合中の出来事であり、演劇における台詞の間違いとは違い、同じ投球という台詞を繰り返したところで流れに不自然さはない。先ほどのプレーはアクシデントであり、次のブックに進まずやり直しを予告する場合のサインがロージンバッグを手に取るというものである。

これにより打者も守備も塁上のランナーも、次の立ち合いをブックに記されていない真剣勝負とするのではなく、予定通りホームランが行われるという意思が共有される。

無論、アドリブを仕掛けるつもりの諜野にブックをやり直す気は毛頭ない。

(やり直しといっても当然スコアは加算されてツーストライク。その上で今のは事故だと信じさせておけば、まだそのコースを狙ってくる。とどめは自慢の球で来いよ)

邪腹も諜野のサインに納得したのか投球フォームに入る。

やり直しを宣告した上でのアドリブは信頼を損なう行為である。だからこそここ一番の時に使えるように考えておいたアドリブ。そう何度も使える手ではない。

なんやかんやいって考えてはいたのだ。自分でも台本以外で勝つための手段を。

だが、この時、諜野茶太郎が失念していたのはただ一つ。

打席に立っているのがベースボールマスクという男だということ。

野球ボール状のふざけたマスクを被った男。

素顔を見たことはあれど、素性を知らないその男。

何故、他の選手ではなく、この男に打率十割が託されたのか。

諜野には知る由もないことではあったが、唯一彼にのみ託されたブックは他の選手たちに託されたブックとは全く違う内容が書かれていた。

ゆえに諜野の組み立てたブックありきのリードはベースボールマスクになんら動揺を与えるものではなかった。

ベースボールマスク：ショウリーグ第二節一回時点での通算成績・五打数五安打二本塁打四得点。

打率十割。

13

『次の試合？　絶対にありえませんよ。完全試合なんて』

三田山守がその言葉を目にしたのは先週の水曜日。

前回の第一節を実況配信している番組をたまたま見かけて興味を持ち、たまたま取れたチケットを手に、今回は球場で第二節ブラックミスツ対エクスギャンブラーズの試合を間近で見ている今なお、その言葉が頭にこびりついて離れない。

前回の試合中継を期間限定配信しているショウリーグ公式サイトにて次の対戦カードが発表され、それに加えて前回のヒーローインタビューと、それぞれのチームリーダーが次回の試合に向けたメッセージも公開されていた。

守はその中の一つ、エクスギャンブラーズのチームリーダーである籠絡楽朗の発言が気になっていた。

スポーツにおいて絶対はあり得ない。

それを口に出すということは暗に認めているのだ。

自分たちのショウリーグには絶対があり、それは演出だ、ということを。

三田山は一人黙々と表計算ソフトで並べた数値を眺めていた。

「守くんさぁ、これやるんだったら家でよくない？」

不満を唱えたのは、守とつき合っている外岡智絵だった。

わざわざチケットをとって観客席にいながら、ほとんど試合ではなく手元の資料を眺めているというだけでも理解に苦しむのに、さらに守は智絵に携帯端末を持たせ、スコアをつけさせていたのだ。

とはいえ智絵も、珍しく彼のほうから誘ってくれたデートであり、確かにベタなデートを所望したのであまり強くも言えない。

実際のところ智絵にしてみれば野球のルールもよくわかっていないので、スコアをつけるという形で野球を見るというのもそれはそれで新鮮だなぁと思える。

スコアの付け方も懇切丁寧に教えてくれたし、決してないがしろにされているという訳でもない。

ただやはり、

「なんか思ってたのと違うんだよねぇ……」

「ごめんね、ちーちゃん。なんかね、もうちょっとでわかりそうな気がするんだ」

智絵がこうして話しかければ、ちゃんと応えてくれる。

自分とは価値観の方向性が違うだけだということも理解している。

三田山守は数字にとりつかれているのだ。

数字というものは嘘をつかない。が、それを観測する人間の感情は千差万別である。

それが三田山守の基本思想だ。

普段は営業職である守は、数字で嘘をつくのが仕事だと考えている。

同じ職場の事務方で働く智絵は、それをよく知っている。

「この商品はあの地域でこれだけの売り上げを上げました。客層が似ているこの地域でも是非導入を」

守が売り込みをかける際の常套句である。

売り上げは嘘の数字ではないが、その地域では他社の製品がもっと売れているし、客層も似ている部分のみをピックアップしているだけで、すべてが類似しているわけではない。

守は、そういった数字の羅列の中から自分にとって都合のよい数字だけを拾い上げるのだと言っていた。

彼がいま夢中になっている数字の羅列もその応用である。

ショウリーグ第一節の試合を自分で数値化したスコアブック。

バッターがアウトになるまでのカウント、投手が投げた球種と球速、一回の攻撃にかかった試合時間やバッター一人当たりの経過時間まで。

試合というものを数字で一度バラバラに分解し、並べ替えて再構築する。

そんな守と食事に行けば、一円単位で割り勘にされるのかと思いきや全額持ってくれたりする一面もある。ただ食事一口あたりのカロリー量や、それを消化するために何回咀嚼をすればいいのか考えていると聞いたときは若干引いた。

顔もいいし、営業という仕事柄人当たりもいいので、同じ課の女子が一度酔った振りをして誘ってみたところ、摂取したアルコール量とそれが体内で消化される速度を訥々と語られ、酔っているのは気のせいだとされて撃退されたこともあるらしい。

彼女としては誇っていいやら、そもそも食事に行く前に断ったりはしないのかと思ったりもする。

そんな守の思考は競馬や競艇などの賭け事の方が向いているのではないかと智絵は思うのだが、なぜか野球にのみその興味をそそぎ込み、そして特に食いついたのがこのショウリーグであった。

「で、守くんは何がそんなに気になってるの」

「うん、試合時間がね、どの試合も一緒なんだよね」

そう言って三田山が示す第一節の一試合目と二試合目にかかった時間は、どちらも五十分で揃っている。

そういえば今日の一試合目も、二桁のホームランが飛び出す乱打戦だったにもかかわらず五十分だったことを思い出す。

「各回の攻撃にかかる時間にばらつきはあるものの、どちらの試合も同じ時間に収めている。これはおそらく偶然じゃないよね」

「あーそれってなんかヤラセかもしれないって話？」

「ヤラセというか台本があるってのは間違いないだろうね。ショウなんだし」

「でも、時間そろえることに意味なんてあるの？　やりたいこと詰め込んだ方が盛り上がるんじゃゃない？」

「長篇大作映画ばっかりでも疲れちゃうのと同じだよ。それに時間内に試合を収めるということの利点は試合のパッケージ化なんじゃないかな。録画予約をスポーツ中継の延長でずらされちゃったり、放送延期になったこととかあるでしょ？　パッケージ化されていれば、スポーツ中継におけるデメリットの一つである試合時間の延長がなくなるからね」

確かに、と智絵は頷く。

「さらに、試合の全てが脚本で定められ、限られた枠の中に収められているのであれば、テレビ中継や配信の枠もとりやすくなる」

営業職ならではの見方ではある。

だがどの試合も全く同じ時間を要しているが、実際の試合内容は全く異なっている。

「そんな試合内容を調整する方法として共通して見られる傾向は、バッターがカウントのかなり早い段階で手を出していること。そうすることで尺を合わせられるんだろうけど」

「だったら単純に一球勝負のほうが早く試合が終わるんじゃない？　どちらにしても決まった場所に投げて、決まった場所に打つ練習をしてるんでしょ」

智絵の疑問に対し、今度は三田山がそうだねと、頷く。

「そうしない、もしくはそうできない理由はボールカウントにあると思うんだよね」

守は今度は第一節一試合目のスコアに焦点を絞り、各選手ごとに要した球数を智絵に見せる。

パフォーマンスで時間を要した分、早めのカウントで手を出して試合を短縮したいにもかかわらず、特に球数を多く要した打席。

両チームで突出して球数の多い打席の選手が各一名ずつ。

まずヨクトブボールズ、八番打者のカイザー・エスペランサなる選手が全ての球を見送って三振している。

「配信で確認してみると、打席に何故か玉座を置いてそこにふんぞり返ったまま一切バットを振らないというパフォーマンスだったね」

「それはパフォーマンスとみなしていいの……？」

「さぁ……？」

あまりにも打席でなにもしないので投手が警戒して何球か外してみせるのだが、カイザーは微動だにしなかった。今思えば投手はすでにバットを振らないことを知っていたはずなので、やはり演出だったのだろう。

次いで見せたのはこれからバッターボックスに立とうとしている、エクスギャンブラーズ側、三打席全てが四球という六番打者の籠絡楽朗であった。

こちらは四球全て見逃しのボールという訳ではなく、普通に打席に立ちバットも振ってストライクカウントを整えた上での四球である。

試合という流れの中では特に気にはならなかったが、数字で見ると全ての打席で四球を選んでいるのは際だって目立つ。

「そうか、四球を選べば完全試合にはならないってことよね。え、すごい守くん、試合予想的中しちゃってるんじゃない？」

守は数字を追っているだけと思いきや、自分なりの解答を見いだしていたことに智絵は素直に感嘆してしまう。

「うん。そうだと思ってたんだけど……」

ここにきて守が言葉を濁す。

四球というものは打者側の匙加減で行われるものではない。

「絶対に四球になる打者」というキャラクターを作る場合、それに必要なのは相手投手の協力である。ボール球が四球揃うまでひたすらファウルを狙って粘るという方法もあるがそれは時間短縮を計る上では得策ではない。そもそも台本通りに動いているのならば、相手投手がここ一番でボール球を投げればいいだけの話だ。

だが逆はない。相手は完全試合を狙ってくる投手なのだ。

投手が絶対に完全試合を狙うという行為と、四球を出すという行為は矛盾を孕(はら)む。

実際に三回まで進んだ第二節第二試合。投手の牧之原紅葉は今回も完全試合ペースでスコアボードにゼロを揃えている。

すでに一打席目の籠絡の打席は三振に終わっており、絶対に四球を選ぶ選手という線も消えてしまっている。

どちらにしても投手側に決定権があり、打者側が絶対を保証できることではない。

まだ、何かあるのだろうか。打者側が絶対を確約できる手段が。

それがわからず三田山は、スコアを眺めてその答えを見いだそうとしていた。

「ねぇ、守くん。その籠絡選手の番だよ！」

それでも守は思考を続けてしまう。

別に、ここで彼が解答を導き出したところで大勢に影響はない。

ただ気持ち悪いのだ。

答えがすぐ近くにあるような気がするのに届かない。

何かを見落としている感覚。

誰かがどこかで数字の嘘をついているという確信。

それを守はぬぐえずにいる。

一球目はボール。

見なくてもわかる。六番打者の籠絡が四球を選んで完全試合を封じるとしたら、この回をおいて他にない。

引っかかっているのは、ホームラン一点狙いというコンセプトのヨクトブボールズに対して、コンセプトが見えていないエクスギャンブラーズというチーム。

ならばと、チーム全体という点でスコアを見ていく。

バラバラの数字の中からなんとか共通点を見いだそうとする。

続く二球目もボール。

会場がざわついているのがわかる。

そうだろう。牧之原投手がここまでボールカウントを先行させたことはない。

「ねぇ、守くんってば！　変だよ、あれ！」

そのとき、守が試合を見ていれば、その瞬間に答えにたどり着いただろう。

だが、見ない。

ただひたすらに思考する。

三球目もボール。

数字を追う視覚と思考だけが脳を支配し、周りの音も、智絵の声すら届かない。

野球を構成する全てを数字に分解していく。

投手二、打者十六、守備十八、走者一～三、監督二、コーチ八、ベースコーチ四、ボールボーイ二、塁審三、主審一……

四球目。

四球目でストレートに四球。

そのフォアボールを宣告する人間。

「審判だ！」

そう叫んだ守の声は周囲の怒号で掻き消える。

叫んだ勢いのまま顔を上げた彼の目に飛び込んでくる正解。

ミットを真ん中に構え、ボールを捕球したままのキャッチャー。

にもかかわらずフォアボールを告げる審判の姿。

先週の配信で配信主がぼやいていた言葉――「選手も二流なら審判も二流か」と。

違う。審判を味方につけているのだ。

注視すべきはエクスギャンブラーズの攻撃スコアではなかった。

ヨクトブボールズ側の攻撃のスコア。

三振を取られた打席全てが見逃しの三振だったのだ。

バッターからしてみれば手を出すまでもないボール球、それがストライクに取られていた。

すでに第一節で、エクスギャンブラーズは自分たちのコンセプトを見せていたのだ。

守のたどり着いた正解を証明するかのように籠絡が動く。

尻のポケットから紙束を取り出し、審判に手渡したのだ。

遠目から見てわかるはずもないのに、見慣れた茶色と籠絡の所作から、それが札束だとわかってしまう。

　白昼堂々行われる審判の買収行為。

　それに観客は怒りの声を露わにする。

　反面、智絵は狂喜し、三田山に抱きつきながら飛び跳ねる。

「すごい！　守くんの言ったとおりになったじゃん！　すごいすごい!!」

「あぁ……」

　守はなんとかギリギリ正解にたどりついた喜びよりも、どっと押し寄せた疲労を強く感じていた。

　そして同時にこれが続くのかとも思う。

　まだ彼らは、自分たちが何者であるかを表明しただけだ。

　これはただの名乗りにすぎない。

　なぜならこれはショウリーグ。

　もはやここから先、何が起きてもおかしくはないのだから。

14

昨日のショウリーグ第二節の試合結果を受けて、東皇大学スポーツ研究サークルは大いに盛り上がっていた。

スポーツ研究サークルと、看板は出しているが、その実情は古今東西様々なスポーツをダシに賭博する者どもの集まりにすぎない。

スポーツ観戦に賭け事の勝利という付加価値を求める者。パチンコでの負けを他のギャンブルで取り戻そうとする者。金さえあれば女にモテると思っている者。集めたデータから推測される未来を的中させることに快楽を覚える者。

理由は様々あれど、ギャンブル狂という共通点を持った同期の男五人が寄り集まったこのサークルに上下関係はない。お互い好き勝手に、ショウリーグという新たな賭けの対象について議論を交わしていた。

メンバーの一人である箕輪政志は、今回の賭けの胴元として皆の議論を議長的な立場で見守っていた。

「次の対戦カードってまだ出てないよね、水曜日発表じゃなかったっけ？」

「まだ出てはいないけど、今のところ負けチーム同士、勝ちチーム同士で対戦カードが組まれてるから次の試合は最強スポーツマン連合×エクスギャンブラーズ、ヨクトブボールズ×ブラックミスツでほぼほぼ決まりだろ」

「ちょうど試合順が一周したことになるしね」

「勝敗のオッズは純粋な野球の腕前で見るなら、元プロやアスリートが多く所属しているスポーツマン連合とブラックミスツに集中しちゃうよね」

「勝ち数だけ見るなら、ブラックミスツに賭けるのが安牌（アンパイ）だわなぁ」

「というか勝敗は向こうのさじ加減なわけだし、今後の展開で賭けない？」

「あー、誰が一番盛り上がる展開を考えられるか的な？」

「そうそう、こっから先、向こうは絶対に盛り上げよう盛り上げようとドラマを仕込んでくるってのは確実じゃんか。だったらそれを予測するのも十分な賭けになるっしょ」

「でも、クイズとかなら部分点で勝負もできるかもしれないけど、展開自体はわりといくらでも広げられるから、賭ける対象が難しくないか？」

「だなー。選択肢つくろうにも、どれも正解なしなんてこともありえるだろうし」

「なら、もっとピンポイントにしてみるか？　牧之原の次回の投球結果とか」

「あーなるほどね。いいんじゃない」

「でも対戦相手はヨクトブボールズでしょ。ほとんど独立リーグ上がりのチームに打てるかね？」

「そのへん俺は考えないかなー。どうせ台本ありきなら個々の今までの実力なんてあってないようなもんだし」

「問題は相手がホームラン重視のチームってことだよね。牧之原の記録は完全試合、ノーヒットノーランと、徐々に下がってきてるから次は完封とかじゃない？　って思うんだけど。ヨクトブボールズ相手なら一発があるから完封すっ飛ばして完投とかになっちゃうだろうし」

「それもあるわな。まぁ、ホームラン以外っていう線もあるけど……そこはどうなんだっけ？　ヨクトブボールズってホームラン以外にヒット打ってる？」

「いや、いまんとこないね」

「どちらにしてもまだ二試合ずつじゃデータ不足かなぁ」

「だからおもしろいんじゃないの」

「俺はもっとデータ揃ってからの方が予測のしがいがあるけどね」

「でも打たれる前提で話進めてるけど、もっかい完全試合って可能性もあるんじゃない？　ああいう形で四球をとれるのはエクスギャンブラーズだけだし」

「あぁそうか、その可能性はあるな」

「俺はそれはないと思うなぁ。あんまり完全試合を続けすぎると守る側の負担が大きすぎるだろうし、絶対に打たれないって決めちゃうと観る側も飽きるでしょ」

「でもこの二試合で、対になるような絶対的な強打者がいないってのがわかっちゃったもんな」

「あー、確かに、もしかしたらこいつなら打てるかもってキャラ全然思いつかないな」

「強いて言うならベースボールマスクとかになるよな。今のとこ全打席ヒットでしょ」

「同一チームじゃなぁ……」

「というか全体的に選手層が薄いよな。どのチームも代打、代走、ピッチャー交代もしてないし、もうこれで全選手出揃っちゃってるってことだよね」

「もともと二チームだけの独立リーグを膨らませて四チームにした訳だし、そうそう選手も増えないだろうしな」

「新戦力も期待できないとなると、やっぱり完全試合じゃね」

「まぁ、予測のポイントは『どの個性が一番強いか』ってことだろうな」

「個性ねぇ。足の速さを生かしたセーフティバントとか？」

「それ元陸上っていう俊足が個性の河内が、完全試合達成された一試合目で失敗してなかったっけ」

「まぁ守備はイレギュラーが多いから前に転がればわからないからな」

「そういやブラックミスツって守備も結構いいよな。完全試合って言っても牧之原のオール三振とかじゃなくて、ヒット性の当たりも含めて全部抑えたわけだし」

「だからそれは事前にどこに飛んでくるかわかれば難しくはないじゃんか」

「事前に決まった場所に打球を飛ばすってのも相当技術がいるんだって……結局この話題になっちゃうなぁ」

一通り議論が出尽くしたところで、上座に陣取った箕輪は手を叩き皆の注目を集める。

「とりあえず、牧之原の投手成績に賭けるってことでいいかな」

「異議なーし！」

「最強スポーツマン連合×エクスギャンブラーズのほうは賭けなくていいの？」

「いいんじゃない？　そっちはそっちで目に見えてるようなもんだし」

「正統派アスリートチームと絡め手チームだったら、圧倒的にスポーツマン連合の方が勝つっしょ」

「そうだな。じゃあ選択肢1は、牧之原の再度完全試合達成、2は、ノーヒットノーラン達成、3は、完封達成、4は、これら全ての未達成の四択でいいかな。で、二次予想として、打者のうち誰がそれを阻止するかの八択。前者的中で一・五倍額、二次予想的中で二倍胴元支払い、両方とも当てたら全額総取り、被りがでたら頭数で山分けでどうよ」

基本的には胴元が賭けを決めるのが彼らのルールだ。胴元はメンバー全員に順番で回ってくるため基本的にはローリスクなものを選ぶのだが、露骨すぎると賭け額が下がるため、箕輪は分かり易く大雑把なものを好む。

「二人以上ヒットを打ったらどうすんの？」

「阻止した選手って言ってるじゃんか。最初の一人だけだろ」

「ってことは打順も結構関係してくるよな」

「まぁ四番までは純粋に打席回数多くなるしな」

「でもここまで予想しておいて、牧之原が炎上しそうな可能性が全く出てこないのもすごいよな」

「確かに、まるでイメージできないわ」

「選択肢に入れても誰も賭けないよな」

それぞれがお互いに有利な情報を出し合い、誘導し、揺さぶり始める。

箕輪はそれを見ながら内心でほくそ笑む。

人数が多くなれば的中率はあがるが、そこにいる者たちが話し合いを始めれば必然的に皆が似たような選択肢を選び出す。

ここにいる人間は所詮素人の集まり。

つまりここが、一般的な次回ショウリーグ予想の収束点となる。

そこまではショウリーグ側も予測してくるのだ。

そして他のスポーツと違いショウリーグはそれを意図的に、絶対に越えてくる。一歩でも越えてしまえば集中した賭けは瓦解し、胴元の儲けに成る。

箕輪の目的はそれを元にした本命のスポーツ賭博である。

ここでの賭けはその踏み台でしかないため、負けても大した損害にならない。

そんな箕輪の思惑など露知らず、部員たちは各々紙に結果と賭け金を書いて一度胴元に集める。

その結果を受けて箕輪は、部室のホワイトボードにオッズを書いていく。

一次予想はノーヒットノーラン達成、二次予想は四番打者が一番人気となっていた。

概（おおむ）ね箕輪の想像通り一番人気に数万単位の額が注がれ、他の選択肢にもいくらか賭けられてはいるがいずれも少額。

ノーヒットノーランに集中したのは全額総取りを狙いたいという欲があるからか。四番に集中するのも、役割を考えれば当然といえば当然だ。

胴元の狸は、この一番人気にだけは結果が落ち着かないだろうとすでに皮算用を始めていた。

そして箕輪の予想通り、そこまではショウリーグ側も予測していた。

ただそれを裏切る方法は、スポーツ研究サークルの面々も、箕輪でさえも予想のつかない方法であったが。

15

ショウリーグ第三節第一試合、板見入夢（いたみいゆ）は手作りの団扇（うちわ）を握りしめてグラウンドに熱い視線を送っていた。

視線の先にいるのは、ライトの守備位置につく元アイドルの三木正宗である。もちろん入夢が両手に握って振る団扇にも、彼の名字と名前が二手に分けて刻まれている。

元アイドルといっても入夢にとって三木は歌のステージに立たなくなっただけで、愛してやまない対象であることには変わらず、彼女にとっては今なおアイドルである。

グラウンドに佇むその姿は彼女にとってグラビア撮影を行っている姿と同じで、打球を追ってグラウンドを駆ける姿はステージの上ではしゃぐ姿と変わらない。

入夢にとってショウリーグとは、今までのアイドル活動の延長線上にしか見えていない。

周囲の話題として上るのはメインとなる第二試合ばかりでも、意に介さない。

第一試合が前座扱いとして、三木に限らず選手たちの活躍やパフォーマンスにパラパラとまばらな声援しか送られなくても、彼女は大声で三木に声援を送る。

本当はもっとファン同士でまとまって応援してあげたいのだが、いかんせん現在三木の打撃のほうの成績が芳しくなく、声を上げて賞賛の言葉を送るチャンスが来ない。

今日も捕球したプレーに対して「ナイスキャッチー！」と送ることくらいしかできていない。

第一節の際にはあれほどいた三木正宗のファンも、ショウリーグそのもののファンに押されてだいぶ数を減らしてしまっていた。

今までのステージでは周りの見ず知らずのファンが次第にまとまりをみせ、いつしかコールが生まれたりもしたものだが、始まって間もないショウリーグではまだファンが自分たちのスタンスを見つけられず、どうやって応援するのが正しいのかを模索している状態である。

共に第一節を応援しにきた三木正宗ファンの友人も、あっさりと別の選手に鞍替えしてしまった。

友人の言では「推しが晩節を汚している姿をもう見たくない」という感覚らしい。

入夢は特に引き留めようとは思わなかった。

そもそも彼女は三木を『推し』という概念で見てはいない。

推しという言葉ではどうにも『イチオシ！』というような意味が込められてしまい、他人に勧めるための啓蒙活動のように聞こえて好ましくない。

ただ自分が三木を愛していれば、それで十分であった。

彼がショウリーグにおいて何番人気でもかまわない。

ショウリーグというステージにおいて未だ三木の活躍がなく、その役割が今までのようにメインではなく脇を固める一員となってしまったとしても、それは晩節を汚したとは思わない。

動いている三木正宗を見られるなら他人に同調されなくてもいいのだ。

自分にとってはそれでいいと思うが、同時に友人の気持ちに理解がないわけでもなかった。

それは三木自身のショウリーグにおける行動が、アイドル時代とはだいぶ違った印象を与えているからだ。

ショウリーグ加入後の三木の表情が暗い、というよりも不機嫌に見えるのだ。

彼は今ライトを守っているが、他の外野選手たちは観客席に向かって捕球したボールを投げてくれたり、守備位置につくわずかなタイミングで手を振ったりとファンサービスをしてくれるのに対し、三木は素っ気なく守備位置につくだけだ。

アイドルの頃ならば、入夢たちファンが出待ちをしていてもこっそりと握手やサインなど交流してくれていたのが、ショウリーグ加入後は他の選手たちに紛れて黙って球場入りしてしまい、特に目立ったファンサービスもない。

三木が所属している最強スポーツマン連合は、パフォーマンスは少なくストイックなプレーが中心なのでその一環とも受け取れるが、機嫌がよくないと見えるのは異常である。

入夢はふてくされる三木の姿にでも愛らしさを覚えるし、全部を受け入れたいとも思うが、本人がそれを良しとしていないのならば応援してしまうのは酷だ。

それに対する答えとして入夢は、今までの輝かしい三木正宗としてではなく、ショウリーグという新たなステージに立つアスリートとして声援を送ると決めている。

彼が望もうと望むまいとステージの上に立つと覚悟を決めたのだ。

その覚悟を応援する。

さぁ、次はお待ちかねの三木の打席だ。

ワンアウトランナー一、三塁。三木の影響で野球の知識を浅く嗜んだ入夢でさえも分かる絶好のチャンス。

ここ一番だと高らかに声援を送ろうとして、ふと止まる。

バッターボックスに向かう姿、同期の中でも抜群に足が長いと評判のあのプロポーション、ヘルメットで見えづらいが甘いマスクは間違いなく三木正宗なのだが、いつもと違う。

通常の黒のバットではなく、何故か妙に光沢の良い金色のバットを手にバッターボックスへと向かっている。

ゴールドはアイドル時代の三木のイメージカラーであるが、ゴールドというよりも金メッキ感が強い。

仕草もいつもの不機嫌、というよりも肩で風を切るようで粋がって見える。

そんないつもと違う三木の姿に、他の観客たちは特に気がつく様子もない。それはつまり、野球的な気づきではないということだ。

そんな三木がバッターボックスに立ち、バットを構えたものの、すぐにタイムをとる。

バッターにも間が必要な場面はあり、タイムをとって間を取り直すというのはよくあることだが、三木は何故かバッターボックスから半歩飛び出して、バットで一塁側を示すと、そのままベースに二度三度叩きつける。

慌てて手持ちのオペラグラスをのぞき込むと、三木は怒りの表情で「チョロチョロすんなよ！」というようなことを口走っている。

そこにきてようやく入夢の周囲の観客もグラウンドの不穏な様子に気づきはじめ、ざわつき出す。

「なになにどういうこと？」

「わかんない、わかんない、けど、なんかヤバくない？」

「一塁ランナーのリードが気にくわないって感じだよな」

「自分が打つからリードなんていらないってか」

「大して打ってもいねぇのに？」

リードをとっていた一塁ランナーがしぶしぶといった風に塁へと戻るが、その様子が癇に障ったのか、突如三木がヘルメットをかなぐり捨てて一塁側へと走り出す。一塁ランナーも応えるように三木へと駆け出し、クロスカウンターからの取っ組み合いになる。

それを止めようとベンチから最強スポーツマン連合の面々が飛び出し、集まっていく。突然始まった乱闘騒ぎ、それも何故か味方同士での乱闘である。守備についていたエクスギャンブラーズ側も仲裁に入り、いつしか両軍入り乱れる乱闘騒ぎへと発展してしまっていた。

あっという間の出来事で、注視していた入夢でさえ三木の姿を一瞬見失うが、すぐに選手の群が二つに分かれ、中央で羽交い締めにされながらもバットをばたつかせて暴れる三木の姿が見えた。

弧を描くように選手たちに取り囲まれる三木は、自身の肩を押さえている手を振り払う。

審判が駆け足で三木の元へと近づき、人差し指を伸ばした右腕を大きく振って場外の方へと指し示す。

『えー、球審の白隈(しろくま)です。ただいまの三木正宗選手の行為は悪質な試合妨害とみなし、退場処分といたします！　なお、この試合は没収試合とし、エクスギャンブラーズの勝利とします！』

マイクを握り、高らかに宣告する審判。

するとそのマイクを三木が奪い取る。

『おいおいおいおいおい！　冗談じゃねぇぞぉ！』

最初は彼を取り囲む選手たちに向けた言葉かと思った。

だが、違う。それならばマイクを持つ必要がない。

そもそも、何故審判はじめ周りの誰も止めようとしないのか。

答えは一つ。

今あそこが三木正宗のステージと化したのだ。

三木はくるりと身軽なステップでターンし、会場全体へと向き合う。

人の体が全ての観客と向き合うことなどない。

だが、その瞬間、グラウンドに注目していた会場の人間全てが、彼と目があったかのように錯覚していた。

『ここ一番でこの俺が決めてやるってぇときに、視界のはしっこでチョロチョロやられたりなんかしたら、やってられないよねぇ！』

ゆらりゆらりとリズムを刻むように片手に持った黄金のバットを揺らしながら、ゆっくりとマウンドの方へと歩みを進めて演者は台詞を刻む。

屋内照明が光度を落とし、スポットライトが彼を追う。

ぴったり台詞の終わりでマウンドまでたどり着くと、再びターンし、停止と同時に小首を傾げる。

『そう思わない？』

誰でもない誰かに向けた言葉。

周囲の観客たちは突然の投げかけに戸惑う。

だが、入夢を含む一部の観客たちは違う。今まで三木正宗を応援してきたファンたちはそれを知っている。

かつてステージで注目を集めたその男の姿を。

欲しているのだ。三木正宗が。

入夢は悲鳴のような嬌声をあげる。

そしてそれは、会場のあちこちからほぼ同時にあがって一つの音になる。

顔を軽く下げ、その歓声を浴びるように受け止めた三木は、声援を答えと受け取る。

手にしたバットをまるでステッキのように回転させて握りなおすと、先端を先ほどまで自分がいた場所へと向ける。

『だいたいさぁ、最強スポーツマン連合って何？　最強って……どこが？』

バットの指し示す方へとスポットが当たり、最強スポーツマン連合の面々が姿を現す。

『最強ってのは、未だ敗北を知らないブラックミスツみたいな奴らのことをいうんじゃないの？　俺はイヤだね。平気な顔してぽこぽこ負けながら最強を名乗るのは』

三木はマウンド上で再びバットを振ると、今度はそれを高々と掲げる。

スポットを浴びて金色のバットが輝く。

『このバット、ゴージャスでかーっこいいだろぉ？』

再び湧く黄色い歓声。

一部の騒ぎ好きな男たちも雄叫(おたけ)びを上げ、更なる声援が生まれる。

これがショウだと、もはや誰もが気づいているのだ。

『こいつはあそこにいる籠絡選手からプレゼントされたもんだ』

逆サイドにスポットがあたり、籠絡を中心に置いたエクスギャンブラーズの姿が現れる。バックスクリーンに映し出される籠絡の、斜に構えたシニカルな表情のアップ。

暗に仄めかしているのだ。

これはエクスギャンブラーズの攻撃だと。

審判の次に買収した。

今度は相手選手を。

『俺はこのバットで最強を打ち倒し、この俺こそが最強になる。どんな手を使ってでも！』

果たして一体いつから用意していたのだろうか、胸元から真っ黒のサングラスを取り出して掛ける。

『今日から俺はエクスギャンブラーズの三木正宗だ』

ピタリと決めたそのポーズから、それが彼の全身から伝わってくる。

寄越せ、と。

要望に応えて、更なる歓声が客席から巻き起こる。

気づけば誰もが立ち上がり、歓声に混じって拍手や口笛が飛び交う。

入夢もその場で跳ね、両手の団扇を振り、声を嗄らさんばかりに声援を送る。

両の腕を広げ、その歓声をひとしきり煽ると、三木がマイクを握り直す。

『じゃ、試合が途中で終わっちゃったから一曲歌っちゃおうかな』

スポットライトが消え、全体照明が再び灯る。

突如として音楽が鳴り響き、イントロの間にエクスギャンブラーズの面々がグラウンド上に広がる。

入夢のようなディープなファンでなくても知っている三木正宗の代表曲。

ダンサブルな楽曲のドラムに合わせて、皆が一斉に動きを合わせて踊り出す。

一体どういう訳か、野球のユニフォームを着た選手たちがだ。

そして歌い出すのはご存じ三木正宗。

歌の合間にグラウンド上の全員が一様に、バックネット裏、内野席、スタンド席へと向きを変え、全員にその踊りを見せつけていく。

リズミカルなステップでマウンドへと近づいてきた籠絡とハイタッチ。

何故か敵対していたはずの最強スポーツマン連合のメンバーまでグラウンド上に広がり、バックダンサーとして参戦。

無駄に精度の高いダンスミュージカル。

混沌の饗宴。

入夢は両目から涙を流しながら、それでも片時もグラウンドの中心にいる男から目を離さない。

半開きになった口から声にならない声で笑う。

何を見に来て何に魅せられているのだ。

一体何なのだこれは。

一体いつからこれは始まっていたのか。

入夢だけではない。誰しもが、その疑念が頭に浮かんだ時にはもう答えがでている。

何だも何もない。最初から彼らは言っていた。

これはショウリーグなのだと。

16

「はぁ、今更ショウリーグの特集を組めと？」

「ウチの地元でやってる一大興行だぞ。ウチで取り上げてもっと盛り上げていかなきゃならんだろう」

編成局の部長の言葉に、本多隼人は思わず、最初にそう言ったのは自分だし、それを却下したのはあんただろうといいかけて、飲み込んだ。

元々野球ファンから疑惑の完全試合で注目を浴びていたショウリーグは、三木正宗のミュージカル騒動を機に人気を爆発させ一気に各所に広まっている。

その機運をようやく捉えた上層部が、スポーツ部のキャップ兼記者である本多の元へのこのことやってきたという訳だ。

「なんかあれだろう、勢いで始めたミュージカルが作曲家の許可一切とってなくてこじれてるんだろう、あれは？」

「何週間前の週刊誌のゴシップすか。もう作曲家と話がついたどころか、堀切興行が金で抱き込んだとかで専属の音楽担当になったそうですよ。その騒動も最初から仕込みじゃねーのかって読みで、また近々ミュージカル展開やるんじゃないかって噂もあるくらいです」

元々新聞社の多くは自身がスポンサーとなり、プロリーグの報道権を得ているため、プロ野球が主に取り上げられてきた。それがショウリーグというただの独立リーグが世間に注目されだしたことによって、ようやく重い腰を上げた。その尻をふかされているのが地方局だ。突然情報を寄越せとでも言われたのだろう。

とはいえ、一企業である堀切興行がたまたま県内に条件に見合った場所を見つけて興行施設を建てただけであり、地元感があるわけでもなかったのだ。アンテナを張っていろというのがどだい無理な話だ。

本多にしても第一節から注目していたと言えば聞こえはいいが、実際のところはたまたまスポーツ部宛に招待状が届いたから、体よくサボれるくらいの気持ちで観戦しただけだった。

今や招待状があっても、報道各社で記者室のスペースを確保するのすらままならないほどだ。

「注目選手とかに取材とか申し込んでないのか」

「全然です。キャストやスタッフへの取材は完全シャットアウト。まぁ選手の紹介やインタビューなんかの宣伝は、自分のところの媒体でなんとでもなるって感じでしょうかね」

チームが広告塔となり、スポンサー同士の代理戦争の一面も持つプロスポーツと違い、ショウリーグはリーグ全体が堀切興行による完全自社興行である。

通常何万人もの観客を動員する興行には莫大な費用がかかる。何万人も観客が集まることを見込めるのだからスポンサーとしても広告効果は絶大だと考え、協賛という形で出資する。

それをさらに広めるために各社報道を利用するのが定石なわけだが、堀切興行はそれをしていない。

「まぁ、堀切始も以前のプロチーム買収騒動で散々メディアに叩かれましたからねぇ。律儀に報道陣を招いてくれるだけでも大分譲歩したって話じゃないですか」

「あくまで報道は宣伝効果として見込んでないわけか……理屈としてはわかるが、それだけであそこまで話題になるものか？　とどのつまりは野球しているだけだろう？」

そこを考えて論じるのが報道の仕事だろう、という言葉を本多は今度も飲み込む。

もともとは本社勤めだったところを、上に逆らってこうして地方へととばされてきたのだ。女房子供もいるし、上に噛みつくほど若くもない。

ここから先は自分の分析であると前置きしたうえで、本多は持論を展開する。

「スポーツって、案外全て試合観戦をしても満足のいく結果や展開が見られるとは限りませんからね。今のスポーツ中継の大体の枠は二時間。中継延長してそれ以上にわたる試合を見せたって応援しているチームが必ずしも勝てるわけでもないし、応援している選手の活躍を必ずしも見られるわけでもない。だから見ている側に対して『絶対に負けられない戦い』だの、野球なんかでいえば凡打戦を『息詰まる投手戦』と報道側が煽って、ドラマがあるかのように魅せる工夫が必要なんですよ」

なるほどなぁなどと感心しているが、目の前のこの男は、以前このように本多が話した内容を、酒の席でさも自分が考えたかのように講釈垂れだしたこともあるので油断ならない。

「そんなスポーツという娯楽に対して『絶対』を持ち込んだのがショウリーグです。何が起こるかわからなくても、絶対にドラマが起こることを暗に確約したわけですね」

ある意味スポーツの上澄みだけを掬(すく)うようなその理念は、スポーツをニュースや新聞で結果だけ見て満足できる層や、野球そのものに詳しくないライト層には特に人気が高い。

「でも、順位表みる限りだと、結構偏りがあるだろう？」

確かに勝ち負けの順位表だけ見れば、ブラックミスッは第十節を終えた段階で負け知らずの首位。

次いでエクスギャンブラーズと最強スポーツマン連合がほぼ同率の順位で並び、大きく離されたヨクトブボールズが最下位に沈んだ形だ。

「見ている側が、チームごとではなくショウリーグ全体で応援してしまうような作りになっているんでしょう。現に今の流れは、絶対に勝つブラックミスッにどうやって下位チームが立ち向かうかが注目されている感じです」

ブラックミスツが絶対に勝つといっても、その勝ち方には少しずつ変化が見られる。ノーヒットノーラン記録を続けていた牧之原打倒に燃える三木正宗が、初めてのヒットを奪ったエクスギャンブラーズ。

三木脱退に奮起した最強スポーツマン連合も牧之原の球を捉え追いつめるが、未だに牧之原の防御率はゼロを記録している。

にもかかわらず観客は飽きるどころか、ブラックミスツの更なる勝利への伏線がまかれているのではないかと、期待の方が高まってすらいる。

勝ったチーム同士と負けたチーム同士で次の対戦カードを組む関係上、ヨクトブボールズとブラックミスツが当たる試合は少ないが、ホームラン一発で牧之原の牙城を崩す可能性があるからと、これも注目される。

「チーム数も少なく、一回の興行で全チームの試合が見られるからこそ人気が分散されるってことか……その辺は堀切興行のプロモートの妙だな」

「チームカラーがはっきりしているから選手人気の延長なのかもしれませんね」

防御率ゼロとしてブラックミスツの絶対勝利の象徴であるスーパーエース、牧之原紅葉。

ブラックミスツ守りの要（かなめ）である牧之原と対をなす、旗揚げ戦で予告ホームランを打って以降、打率十割を維持しつづけている打の要ベースボールマスク。

元アイドルという肩書きはすでに古く、今や「Mr.ショウリーガー」として野球以外の部分で盛り上げるエクスギャンブラーズの三木正宗。

一試合のどこかで絶対に買収行為を働くが、その悪どさとは裏腹なコミカルなキャラクター性で人気を博す同じくエクスギャンブラーズの籠絡楽朗。

盗塁率一〇〇%（ただし塁にでれば）の点では、元陸上短距離日本記録保持者である最強スポーツマン連合所属の河内一総と、元盗塁王でありブラックミスツ所属の室井基樹の二人が維持し続け競い合っている。

守備の面などは普通であればわかりにくいものだが、『絶対』を探していくうちに飛んできた打球をすべてアウトで処理していることがわかった、通称「魔のサード」パット・ペイカーもスポーツマン連合では人気が高い。

残るヨクトブボールズは、全員がホームランバッターということで選手としての個性があまりでないが、何故か打席に玉座を置いてふんぞり返り絶対にバットを振らないカイザー・エスペランサはコミカル担当として逆に人気を博している。

等々、リーグ戦が進むにつれ、それぞれの選手に課せられた様々な個性が見え始めると同時に、それらの『絶対』をどうやって両立させていくかにも注目が集まっている。

「っーかそこまであからさまにやってヤラセだなんだと非難されないもんなのか？」

「まぁ、確かに最初はそういう意見が多かったんですがね。部長、『やってみた動画』とか知ってます？」

「よくは知らんが、娘がハマってるのは知ってるぞ」

「じゃあ今度娘さんとの話題づくりにでも使ってください」

自身のパソコンを操作して動画を見せる。サムネイルにでかでかと極太フォントで打ち込まれた『ショウリーグやってみた』の文字。

事前に脚本を示した状態で野球をやってみたらどうなるかという検証動画である。

この動画は第一節の完全試合を再現してみるというものであったが、再現するにはそれ相応の挑戦回数を必要とし、再現可能だった部分についてもたどたどしさが如実に表れていた。

「こういった動きが拡散されて、どこまでが台本通りでどこからがアクシデントかわからないプレーをしている彼らは、どれほどのプレッシャーの中で戦っているのか？　という点にも目が向けられるようになってきてるんですよ」

報道という立場では中立であるべきにもかかわらず、本多は自分でも気がつかないうちに、ショウリーグ側を擁護する論を立てていた。

本多は報道の仕事上、嫌というほど怠惰な正義と直面してきた。

人は怠惰な正義を愛し、敵対する悪の勤勉さに目を向けない。

例えば詐欺行為。騙す方が悪いと正義の上に胡座（あぐら）をかいている間に、勤勉な詐欺師たちは次の卑劣な手口を考えていることに目を向けない。故に新たな手口で騙される。何故次々と新たな手口が生まれるのか？　悪だって努力しているからだ。

例えば政治家の汚職。自分の税金が不当に使われたことに怒り批判はすれど、その政治家がどれほどの努力を重ねてその地位を築いたのかには目を向けない。政治家は人のために聞こえのいい中身のない政治をすることが正義であり、よりよい政治を金のためにすると悪とみなされる。

が、それを指摘すれば、悪を肯定していると正義を振りかざされる世の中だ。

ショウリーグがヤラセだと非難する前に、何故彼らの努力に目を向けようとしないのか。

「防御率ゼロである牧之原だって、攻撃側が手をゆるめているかどうかはかなりわかりづらいし、仮に打たれても守備陣が控えているからプレッシャーは分散されますよね。そんななかで、最も難度が高いとされているのがベースボールマスクの打率十割です」

「守備だって、ベースボールマスクの打席の時だけ手を抜いていても演技で隠されていたらわからんだろう」

「投手の場合、球速ってものが表示されるんですよ。打たれている時にだけ球速が下がったりしていたらすぐバレますよ。守備の方は……もし事前に打球が飛んでくる方向が分かっているなら守備位置を事前に変えておくとかはできるかもしれませんけどね。だとしても、もし部長がバッティングセンターでどんな球がどんな速さでどのコースに飛んでくるかわかっていたら、絶対に思っているところに打てる自信あります？」

これもショウリーグとは無関係の、元プロ野球選手が毎日三打席ずつ実戦形式でヒットを打ち続けてみるという検証動画が投稿されたが一週間で失敗していた。

こちらは動画編集できないよう生配信で行われたため信憑性も高い。

当たりどころが悪く、ボテボテのゴロを打とうものなら彼らの絶対はあっという間に崩れ去るだろう。

「で、そのベースボールマスクってのは何者なんだ？　目星くらいはついているんだろう」

どうやら最初からそれを聞くのが目的だったようだ。

本多としては特ダネとしてキープしておきたかったネタだ。

しぶしぶデスクから封筒を取り出すと、何枚かの写真を広げていく。

「この中の誰かってとこまではわかっているんですがねぇ……本命が絞り切れてないんですよ」

さりげなく一番下にある写真を隠す。

実際には絞り込みは済んでいるのだ。

カメラマンの路柱の尽力で第一節の終了後、撤収するキャスト、スタッフ全員の顔写真を手に入れ、そこから顔のわかっているキャストを除外、そのあと堀切興行に張り込んでスタッフの身元を照会していき、たどり着いた。

ショウリーグ側としてもその正体は秘匿しておきたいのだろう、報道陣が増えてからはスタッフにも数名、ベースボールマスクと同じ覆面をかぶせて会場を出すようになった。故にまだ他の報道もここまでの絞り込みには至っていないはずだ。

その名は駒場球児。

ドラフト二位指名でグリーンビーンズに入団し、四年前に入団三年目で戦力外通告を受けている。

退団後の経歴は不明。どこかの実業団で活躍した形跡もない。

一軍での公式記録は二打席ゼロ安打。

当時の記録をさかのぼってみると、高校時代からプロ顔負けのスイングフォームで安打を量産。ここ一番でも強くサヨナラホームランなどのめざましい活躍もあったが、高校時代はベスト8止まり、そのため残っている映像はほとんどなく、スイングフォームを比較することは叶わない。

故障等の記録はなく、プロの世界では通用しなかっただけだろうと噂されていた。

そんな駒場の正体を何故ショウリーグが隠すのかがわからないのだ。

球場から出ていく姿を写した写真の顔に目立った傷跡があるわけでもない。

個人のプライバシーを尊重しているといえばそれまでだが、他の選手たちも同様に取材のシャットアウトなどは徹底している。

替え玉の可能性も疑った。

選手にも好調不調があり、絶対にヒットを打つ選手を謳う以上、何かあってはいけない。怪我や故障に備えて、替え玉と交換しやすくするために覆面をかぶらせているという可能性。

だが、今現在すべての打席において、身体的特徴が違った形跡もない。

もちろん同じ体格の選手にフォームを修得させた可能性もあるが、それほどの実力のある選手ならば実戦投入したほうがいいだろう。

あと思いつく可能性としては、不明になっている退団後の経歴の中で、なにかやらかしたかくらいだった。

借金を背負った、何かしらの事件と関わった、女性関係のトラブル等のスキャンダラスな理由で正体を隠したいのか。

手がかりが少なく、目下のところスキャンダルの線が最も有力であるため、引き続き部下の渡辺に調査を継続させているが、本多自身はこれもないと考えている。

もしも、ショウリーグがスーパースターとして彼を配置するならば、そのようなスキャンダルが明るみに出た時にシナリオが狂うリスクを背負うとは思えないからだ。

ショウリーグならば絶対にそんなことはしない。

それはある種の信頼とも呼べるものであった。

そしてその信頼は期待へと変わっていく。

このまま真実を掘り当てるよりも、彼らに任せた方がいいのではないか、と。

不確かな予測であっても数を打てば当たるし、それが本来期すべきタイミングでなかったとしても、物語のネタバレはある一定の層には売れる。

だが、売れるかどうかよりも、ショウリーグがそれをどう扱うのかを見てみたいと本多は思ってしまっていた。

17

堀切興行屋内打撃練習場。

守備練習で使うグラウンドとは別に用意された打者専用の練習場で、彼は黙々とバットを振っていた。

牧之原紅葉は彼の様子を背後からしばらく眺めていたが、途切れる気配がないので仕方なく転がっていたバットを手にすると、ノック代わりにネットを叩く。

普段グラウンドでショウを演じる時にはしている覆面を、彼は今していない。

その男、駒場球児は、首の動きで振り返り牧之原を確認すると、リモコンでピッチングマシンを止め、首に巻いたタオルで汗を拭いながらバックネット越しに牧之原と向き合う。

「牧さんか、こっちに来るなんて珍しいね」

「まだ明かりが点いたままだったから気になってね……相変わらず一人でやってるんすね」

「守備の方はどうしても連携がいるけど、こっちは一人でできるからね」

駒場はいつも普段の合同打撃稽古には参加せず、一人こうして皆が練習を終えた後ピッチングマシンとバックネットを相棒にして稽古を行っている。

「何か用でもあるの？」

「いやぁ、たまには話でもって思いついただけですよ」

手持ち無沙汰になった牧之原はバックネットに溜まったボールでも拾おうかと思ったが、一つも溜まっていない。

「稽古でも打率十割実践中っすか」

「継続させるための稽古だからね」

打球のほとんどはピッチングマシンの後方に据えられたネットに打ち込まれていたが、勢い余って零れたボールをとりにいこうとマウンドへと近づいていく。

「たまには生きたボールでどうです？」

屋内打撃練習場は、選手たちの打撃音を反響させ高揚感を与える造りになっているため、少し声を張るだけでマウンド近くからでも声が届きやすい。

「いや……それは……」

駒場が言葉を濁す。

その理由は牧之原も知っている。

選手同士の稽古での私闘は厳禁。

それはショウリーグ全体でのルールでもあったが、特に牧之原とベースボールマスクでの私闘は堅く禁じられている。

「いいじゃないすか。他に誰も見てませんし、やりましょうよ」

牧之原は有無をいわせず、ピッチングマシンをどかして代わりにマウンドに立つ。

「ここらで一回くらいやってみませんか？　防御率ゼロ対打率十割、夢の対決ってやつ」

「本気かい？」

「さぁ……どうでしょうね？　別に本気で相手してくれなくても構いませんけど」

口ではそう言ったが、牧之原は本気で打ち取るつもりではあった。

そして、彼には相手が本気かどうかを判別することができる。

ショウリーグ入団前にしていた仕事の一つで身につけたスキル。

バットを握る手、構えている際にかかる重心の位置、向けている視線、打席に立つ相手のわずかな所作で次の行動を予測する。それが牧之原の防御率ゼロの秘訣と言えた。

昔読んだ少年漫画で、打者の所作から行動を予測し、止まっているバットであれ振られるバットであれ、必ず当てて凡打にする魔球というものがあったが、それに近い。

もちろん野球の、それも投手というものを始めて一年程度の実績しかない牧之原にそれだけのボールコントロールはないが、リリース直前に指の力をほんの少し加えるだけでコースを変えることくらいはできる。

故に打者がブック通りに行動しそうなら決められたコースに、アドリブを仕掛ける気配を感知したならずらしたコースに。牧之原がしているのはその投げ分けだけである。

その精度は打者がどのコースまで狙っているのか、バットがどの軌道までなら描けるのか正確に把握し、たとえブック通りに行動しようという打者でも、振ったバットが予定と違う弾道を描いてしまわぬよう修正してしまうほどの精度であった。しかし当の本人にはその自覚はなく、この辺に投げれば打ち取れるだろうな、程度の認識しかない。

なので牧之原は、自身のその察知した感覚を『本気』と呼んでいる。

そして今、彼は打率十割の男を目の前に、その本気を測りとろうとしていた。

「今ここでやる必要があるかい？」

「思い立ったがなんとやらってやつですかね。これからのブックでもそんな予定はなさそうだし、一回くらいいいじゃないですか」

口調は軽いが、その一回がどれだけの重みを持っているかは牧之原でもわかる。

牧之原は対峙する理由を口にはしなかったが、お茶をにごす気はないことを察したのか駒場がバットを構える。

「じゃあ、もしバレても僕と『駒場さん』の対戦ってことにしましょ。ベースボールマスク対牧之原紅葉という形じゃなく」

「牧さんがそれでいいんなら」

そうだ。それでいい。

牧之原はただ知りたかった。

自分の実力がどこにあるのか。

審判の合図もない、ただ唐突に始まる頂上決戦。

振り被り、投球フォームに入っても牧之原は相手の本気を感じ取れない。

ただ、単純に打ち取られようという気配もない。

内角低めの、審判がいなくても分かるストライクだったが、予測通り駒場はバットを振らず、ボールがバックネットを揺らす。

見送りのワンストライク。

特に驚きも、失望もない。

当たり前のようなワンストライク。

次のボールを拾いにいく間を使って、牧之原は問いかける。

「駒場さんって以前はプロにいたんですよね。どんなところでした？」

「どんなところってそうだなぁ、おっかなかったよ」

駒場はバッターボックスからはずれ、バットを軽く振りながら考え込む。

「やっぱりさ。本気の質が違うんだよね。いや、俺たちだって本気だけどさ？　その本気っていうのが、俺たちみたいなここでミスできないっていうような、崖っぷちでようやく出せるような本気じゃないいんだよ。前にも後ろにも道があるだだっ広い野原のど真ん中なのに、それでも絶対一歩も退がるまいっていうか、むしろ殺しにいってやるってような感じ」

「よくわかんないっすけど、相当ビビられたんすね」

「まぁ、昔のことだしなぁ。若い頃初めて向けられたプロの本気だったからなおさら強く感じただけかもしれないよ」

駒場はしゃべりながらもバッターボックスに戻り、再び向かい合う。

流れるように投球動作に入り、始まる第二戦。

牧之原はブックがなくても、投球の組み立てがなくても、打たれまいという自信はある。

二球目は対角線に外角高め。

これも駒場は見送るが、今度はかなり際どいコース。

「ストライク、でいいですかね」

「うーん。いいとこ投げるねぇ。いいよ。ツーストライクだ」

再度、牧之原はボールを取りに行く。

「今もう一回プロに戻ったら、通用すると思います？」

「さぁ、どうだろう……あぁ、いや、他人からは通用しないって言われたな。ついこないだ」

「あぁ、トライアウト受けたりもしてたんですよね。そこで？」

「そうそう。まぁ、その試験官が昔からの知り合いだったから、俺の弱さみたいなの分かってたってのもあると思うけど」

「それでも諦めなかった？」

「諦めなかった、っーか野球しかできないって思い込んでるからね、俺は今でも。そこでショウリーグのスカウトを受けたからプロとしては諦めがついたし、結果オーライだとは思ってるよ……。聞きたかったのはこれかい？」

「ええ、まぁ、そんなところです」

互いに語るべきは語り尽くしたと言わんばかりに、三度バットを構える駒場から、牧之原はようやく本気を感じ取った。

牧之原も一球遊ぶ気はなく、もとよりそのつもりだった。

ここで決める。

振りかぶりボールから指を離す直前、目が合う。

その瞬間、駒場の本気が消える。

引っ込めた、というよりはこちらの本気に押し出されるように。

何かのフェイクかとも思ったが、その感覚を知覚しているのは牧之原しかいないのだから、その必要性はない。

ド真ん中やや低めのストライクゾーン。

駒場の後ろのネットに三つ目のボールが転がる。

バットすら振らない見逃しの三振。

防御率ゼロ対打率十割。その結末は意外にもあっけないものだった。

牧之原はマウンド上で駒場に礼をする。

「つきあってくれてありがとうございました」

「もう二度とやらないぞ」

「いえいえ、次回、機会があれば今度はマスクをつけて」

「ありそうな展開ではあるけどな……俺はごめんだね」

駒場は特に悔しがる素振りも見せなかったが、少なくともボールを投げる直前に感じた本気に嘘はなかった。

むしろこちらの本気に呑まれたようにも見えた。

「つきあっていただいたお礼にここ片づけときますよ」

「そうか……じゃあよろしく頼むわ」

自分のバットのみを拾い上げて、練習場を後にする駒場の後ろ姿に、牧之原は再度深々と頭を下げた。

その顔に喜びの感情はなく、ただなんとなく、すっきりとした表情が浮かんでいた。

18

防御率ゼロ対打率十割。

誰も知らない頂上決戦が行われていたのとほぼ同時刻。

都内のホテルに設けられた会議室。

中央の円卓に、向かい合ってスーツ姿の男が二人。

二人の間には二束の書類。

その表紙に記されていたのは「プロリーグオールスターズVSショウリーグオールスターズ」の文字。

その書類を感慨深く見つめる堀切始の様子を、鬼越乙矢(おにごえおとや)は注意深く観察していた。

「いつか誰かが言い出す時までに準備できていればと思ってはいましたが、まさかこれほど早く実現させていただけるとは思ってもみませんでしたよ」

以前と変わらない無邪気さで喜ぶ堀切の姿に、鬼越は五年前を思い出す。

プロチーム身売り騒動の際に、日本プロ野球連盟の幹部として堀切の後ろ盾となったのが鬼越である。

世間的には買収騒動として記憶に残っているこの一件は、経営難によって手放された南門(なんもん)タートルズに対して、鬼越擁する堀切興行がオーナーにと名乗りを上げたという構図だ。それに対し、当時の連盟会長が所有する菱形(ひしがた)商事が、タートルズのオーナーである愛愛(あいあい)製菓を買収することによって身売りそのものを撤回させ、タートルズの存続を維持した形である。

結果として堀切興行はプロチーム参入から手を引いたのだが、こうして再びプロリーグとショウリーグとのパイプ役を鬼越が請け負うこととなった。

「それについては巡り合わせだろうな。実に運が良かった。ウチもいろいろと苦しい状態にはなっていたからな」

元々堀切興行から水面下で打診されていた交流試合の要望について、連盟としては無視を決め込む方針で決まっていた。

旗揚げ半年にも満たない独立リーグとプロチームが戦う理由などない。

それが一転、しかもオールスター戦という全面対決である。

事がここに至ったのは、鬼越の言葉通り巡り合わせとしか言いようがなかった。

発端は先月、アメリカプロリーグにおいて選手百名を超える大々的なドーピングが発覚し、三ヶ月間の興行中止という事態になったことだ。

それに伴い再来月に予定されていた日本オールスターチーム対アメリカオールスターチームのエキシビションマッチも中止となり、その穴埋めとして白羽の矢が立ったのが堀切興行有するショウリーグである。

日本対野球の本場アメリカ、という構図に対して、ショウ対本物のプロ野球という構図も成り立つ。

「だが、一番の後押しとなったのは堀切君のショウリーグの爆発的な人気だよ。連盟内部でも『プロとショウ戦えばどちらが強いのか』という世間の声を、無視できないところにきていたからな」

「それもこれも、鬼越先生のご助力のおかげですよ。一番必要な人員を紹介してくださいましたから。プロの選手だけ集めても成り立たなかったですし、役者だけでも駄目でしたから」

ショウリーグという興行を立ち上げる際、プロテストに漏れたり、戦力外通告を受けた選手に対し、新たな舞台としてショウリーグという場を斡旋してきたのも鬼越である。

現役を退く者たちに対して、プロ野球を支えてくれた一員として連盟もなんらかの職を提供する責任がある。

再就職先については、チームの裏方であったりスポンサー企業の営業であったりと多岐に渡るが、野球に携わっていたいと、未練を残す者も少なくない。

その受け皿としても、名乗りを上げた堀切興行を無下にはできないというのも連盟の本音である。

「だとしてもこれだけの人気を獲得するのは容易なことじゃないだろう」

「そりゃまぁ宣伝にもかなり金かけましたから。っても僕は金を出しただけで、細かい部分は部下任せですけどね」

「懐かしいな。君の金持ちアピールも」

「アピールのつもりじゃないんですけどねぇ、ホント。僕は金持ってることしか取り柄がないんで」

「そんな君ですら手を引かざるを得ないほどの資金力をもってしても、連盟は未だに大々的なルール改正にも舵を切れず、各チーム徐々に動員数やテレビ視聴率が下がっていくのに対し、場当たり的な方策しかとれていないんだ。こちらもいろいろと学ばせてもらわなければならない」

プロ野球連盟としてもなんらかの変化がほしいと思っていたのは事実である。

伝統と歴史。長らく続いたものは土台としては盤石だが、大きく変革することに対して抵抗が強くなる。

実際のところ現場クラスでは、変革どころか逆にプロとしてのプライドを傷つけられるのではという懸念の声もあがった。

勝って当然の試合でも、パフォーマンスだなんだと難癖をつけられかねない。

同じ野球を舞台にしていても、全くの別物である。

ルールに則るのか台本に則るのか、難航するかに思われた両リーグのルール調整については、堀切興行側が率先して折れた。

「ルールについては本当にこれでいいのか？　完全にこちらのルールでやるということは、ショウリーグの理念に反さないのか？」

「いえ、それは仕方ないことでしょう。我々も公にはブックの存在を認めているわけじゃありませんからね。それに対外的には、どうみてもこちらが格下です。こんな名も知れない一企業の独立リーグと試合をしてくださるだけで光栄の極みですよ」

本来ならばプロリーグがハンディキャップを負うべき戦力差だ。かといってわざわざそれを口に出す訳にもいかない。

そんなプロリーグ側としての鬼越の懸念を察してか、堀切は笑う。

「我々ショウリーグが負けた際に、ハンデが必要だったなどと後から文句をつけるつもりもありません。もちろんこちらはこちらのブックをご用意して立ち向かわせてはいただきますので、ご安心を」

「そのブックには君たちショウリーグの勝利が描かれていると？」

「さぁ、どうでしょう」

曖昧に答えをはぐらかし、堀切は席を立つ。

「では、これで失礼させていただきます」

大事そうに書類を鞄にしまう堀切を引き留めるように、鬼越は問う。

「これは君の復讐か？」

「復讐？　何にです？」

手を止め、堀切はいぶかしむ。

「僕は五年前のプロ参入の一件を敗北とは思っていません。結果として、チームを持った時にファン感謝デーとかでできたらいいな、程度の構想だったショウリーグを形にできた。

金ばっかり使うだけのプロチームを持つよりもよかったくらいですよ」

「だが、君は金で買えないものはないと、あの時叩いた世間に証明したいだけのようにも見えるんだよ、私には」

「金で何でも解決しているように見えるのはいつものことですよ。僕が金しか持っていないから解決した全てが金だっただけで、べつに金で全てが解決できるとは思っちゃいませんし」

「下戸晋也のことも？」

鬼越の口から唐突に出てきた名前に、堀切は面食らった表情を見せる。

「あの頃の週刊誌みたいなことを言いますね」

消えたスターと堀切始の黒い関係。当時の記事の見出しはそのようなタイトルだっただろうか。

堀切興行がプロリーグに参入せんと手を挙げた時よりもさらに昔。

かつて下戸晋也という歌謡界のスターがいた。

数々のヒット曲を売り出し、テレビにも頻繁に出ていたのだが、ある時から姿を見なくなり、誰もいつから見なくなったのか覚えていないことで逆に話題になるような過去の人。

借金取りに追われていた、町で買い物している姿を見かけたが面影がほとんどなくなっていた、と様々な噂が立っていたが、ある週刊誌がプロチーム買収騒動の時に堀切始の身辺を調査していたところ、下戸晋也との思わぬつながりが出てきたのだ。

不動産で失敗した下戸晋也が抱えていた借金を肩代わりするような形で当時の事務所から引き抜いたのが、始の父・渡が社長を務めていた堀切興行であった。だが、借金返済のためにステージに上がってきた下戸は借金がなくなると堕落し、堀切興行から放り出されることとなる。

ここまでならば、金によって人生を左右された下戸晋也のスターとしての資質を問うべき話だったのだが、そもそも何故、堀切興行がそのようなことをしたのかという点に大きくかかわっていたのが、当時十歳だった堀切始であった。

当時の堀切家で働いていたハウスキーパーの証言から、スターに憧れていた始の夢をかなえようと、下戸の教えを請うためだけに引き抜かれたということがわかった。

少年の純粋で残酷な夢の買い方に人生を狂わされた下戸晋也……

というのが記事の内容だったのだが、その状況がオーナーとして手を挙げた堀切の姿と符合し、球団救済のためではなく、自身のためというイメージとすり替えられていった。

それがいつしか、チームを金で買っても成績が振るわなければ直ぐに捨てそうだという印象を与えることとなった。その悪印象により堀切興行への世間の風当たりが強い向かい風となり、堀切を擁護した鬼越もまた辛酸を舐めることとなったのだ。

「だがあの週刊誌の記事があながち嘘でもないということも知っている。私は君の父上とも懇意にさせてもらっていたからね」

「結果として、僕が下戸さんの人生に干渉したということは認めましょう。ですが、それで僕は下戸さんから多くのことを学びましたし、その教えは今でも心に持ち続けていますよ」

「金しか持っていない君に、他に持っているものがあるとはね」

「金だけ持っていればいいという教えでしたから」

冗談めかした口調でそう言い残すと、堀切は軽く頭を下げてきびすを返す。

鬼越の表情には、はっきりと失望が浮かぶ。

五年前から変わらない。

堀切らしいといえば堀切らしい。

成長はしたのだろうが、根っこの部分は子供の時と変わっていない。

プロリーグから見れば、ショウリーグなんてものは子供の玩具箱のようなものだ。

絶対に負けないヒーロー。何にでもなれる魔法のアイテム。自分の思い通りに描かれる世界。

その夢を見続けるために駄々をこねる子供と同じだ。

だが、それでは届かない。

人は敗北を認めて初めて、それを糧にできる。

明確な勝ち負けが存在するプロの世界は弱肉強食。糧がなくては生き残れない。

「金しか持っていないと分かっていながら負けんだよ君は、その金で」

誰もいない部屋で、鬼越は一人呟いた。

19

プロリーグ対ショウリーグ、夢の直接対決。

その一報はどちらのファンをも大いに沸かせた。

プロリーグのファンとしては、ショウリーグというポッと出の杭を思いっきり叩きつぶすチャンスだと。

一方のショウリーグからしてみると、順当に考えれば勝てるはずがない。

だが、その『ありえない』を次々と形にしてきたのがショウリーグである。

『もしかしたら』を期待してしまう。

外岡智絵もそんな『もしかしたら』に思いを馳せるショウリーグファンの一員であった。恋人である三田山守の影響でショウリーグを観戦したのをきっかけに興味を持ち、徐々に引き込まれていった。

契機となったのは、最強スポーツマン連合の八津洋司のプレー。

三田山はいつもスコアをつけながら、次の試合展開をどんどんと予想していく。

それはただの統計的な予想でしかなく、その予想が当たろうが外れようが三田山は気にすることはなかったが、その結果にいつも智絵のほうが一喜一憂していた。

そんな三田山の予想が常に外れる選手が、八津洋司であった。

智絵は、なぜ八津だけがことごとく統計の数字から外れるのだろうと思い、至ったのが八津は「絶対にアドリブを行っているのではないか」という発見だった。

普段であれば次々と数字の上から絶対を見つけだす三田山よりも先に見つけた、ショウリーグのアドリブ。

それはショウリーグの中で垣間見られる選手たちの本気の姿勢とも符合し、それに智絵が気づいたことに三田山は驚き、褒め称えた。

それがなによりもうれしくて、その時から八津は智絵にとって贔屓の選手となっていた。

ショウリーグ人気の高まりで、チケットを取れないこともあり、彼の自宅で配信で観戦する回数は増えたが、人目も憚らずいちゃつけるという意味ではこれもありだ。

観戦中に二人でつまめる買い出しの肴を手にぶら下げながら、三田山の家へと続く道を歩く。

道すがら考えてしまうのはこれからのこと。

自分たち二人のことではなく、ショウリーグのこれから。

これからそれを二人で突き合わせて、ああだこうだと話の種にするのだから、広義では自分たち二人のことといえるかもしれないが。

最近の二人のもっぱらの話題は、世間と同じく対プロリーグ戦における戦略やオーダーを自分ならどうするかである。

各試合において中心となる三木正宗や籠絡楽朗はどちらかといえばパフォーマーであり、盛り上げるという意味では適任だが、実力としてはプロに劣るだろう。

実力の面で通用しそうなところでは、ベースボールマスクと牧之原の名が真っ先に挙がる。

牧之原の防御率ゼロは打者が凡打になるよう狙っているのが大前提とはいえ、たまに本気で打ちにくるアドリブを処理していることを加味すると、プロにも通用するかもしれない。

というよりも他の投手はある程度打たせてとるピッチングをしているため、抑えられるというイメージが湧かないのだ。

そして元プロ選手である進藤や室井といった経験者や、河内のような元アスリート選手。各チームに散らばった実力者たちをオールスターという形で集結させれば、プロにも見劣りのしないチームはできるかもしれない。

智絵ご贔屓の八津だって、常にアドリブということは一人だけ本当に野球をやっているようなものだ。戦力として期待でき、オールスター入りも夢ではない。

だが、それでいいのだろうか。

そんなチームで戦っても、所詮は独立リーグとプロの対決にしかならない。

なにせ元を辿ればショウリーグは、プロという世界からこぼれ落ちた人材の溜まり場だ。かといってパフォーマー中心の編成を組んだところで、ショウのほとんどのギミックは互いの息があって行われるパフォーマンスが中心であり、プロがそれに付き合うとも思えない。

それどころか、プロは自分たちの実力をとことんまで見せつけてくるという見方もできる。

三田山ならどんなふうに考えるだろうか。

そうこうしているうちに三田山の家につくと、インターフォンも鳴らさずに、貰っている合い鍵を使って中へとはいる。

いつもは智絵が来たのに気がついても、三田山は出迎えたりはしない。

だが、今日は様子が違っていた。

「ちーちゃん、大変大変大変です！」

珍しく取り乱して慌てふためきながら出迎えた三田山の様子に、智絵も驚いてしまう。

「どしたの。テレビでも壊れた？」

「もっとやばいんだよ！　牧之原が南門タートルズ入団だってよ!!」

「……は？」

予想の遥か彼方からやってきたあまりのショックに智絵は愕然とはしたが、手にぶら下げていた買い物袋を取り落とすようなベタなことはしなかった。

いや、落としてもおかしくないほどの衝撃だったことは事実だ。

「タートルズって……それってプロチームでしょ!?」

「あぁ、今度のオールスター戦に向けた引き抜き以外には考えられない」

「いやいやいやいや、そんなこと認められるわけないでしょ！」

「けどルール的にはセーフなんだ。七月末までに契約した選手であれば一軍登録は可能だよ」

「だからってプロがそれをやっちゃあまずいでしょ！　プロテクトとかはないの？」

「もともと独立リーグは、プロに残れないけど野球を続けたいって人間のためにあるようなものだよ。プロに上がれるって聞いて断る理由なんかない」

「でもショウリーグは、そういうことのために立ち上げられたわけじゃないでしょ」

「そうでもなくて、ショウリーグはプロの支配下登録漏れを受け入れられるように、シーズン中でもプロリーグ選手とのトレードを容認している。そこを完全に突かれてる。まぁ牧之原は完全に契約踏み倒しているだろうけど」

「いったい、いくらで契約したわけ？」

「速報だけだからまだわかんないけど、多分相当積んでるよね。億単位いくかもわからない」

「オールスターには？　プロ側は牧之原選手出せるの？　メンバーもう決まっちゃってるでしょ」

「通常であれば無理だね。でも今回はリーグ間のエキシビションマッチだから、出てきてもおかしくない」

挑戦者であるショウリーグがいかにプロへと挑むのかばかりに注視し、王たる獅子が手負いの獣に全力以上を出してくることを想定していなかった。

智絵はそれでもわずかばかりの『もしかしたら』を求める。

「これもシナリオってことはないの？」

「うーん。直接対決を目前にして看板選手の引き抜きだよ？　それも以前の買収騒動で焦点になったタートルズへの移籍って、もう完全にプロ側の宣戦布告だろうね」

「それだけの引き抜きをしておいて、選手の……人的補償だっけ？　はないの？」

「プロチーム同士での移籍であればそれもあるだろうけど、この場合は適用されないんじゃないかな……」

数字で見れば、ただ一人の選手がいなくなったにすぎない。

しかし、それはあまりにも大きい一人。

オールスター戦だけではない。それを乗り越えた先の後半戦がどうなるのかすら全く分からない。

未だ誰も防御率ゼロを攻略できないまま、もう牧之原のショウリーグでのプレーが見られなくなってしまったのだ。

希望を込めていた『もしかしたら』という言葉が逆転し、最悪の結末を迎えるのではないかという不安だけがどんどん膨れ上がっていくのであった。

20

「まぁ、こうなるよなぁ。常識的に考えればさぁ……」

箕輪政志は、プロリーグ側のホームグラウンドであるドングリドームの内野席から、スコアボードに並ぶ毎回十得点の数字を眺めてせせら笑う。

三回の裏終了時点で、〇対三〇とおよそ野球のスコアとは信じがたい数字。

三〇という得点がプロリーグオールスターチームのものであることは言うまでもない。

エースである牧之原を欠いている以上、こうなっても何ら不思議はない。

だが、全戦力を投入しているはずの打撃面でも、三回終わって未だノーヒットなのである。

それは同時に、打率十割を記録してきたベースボールマスクの凡退も意味していた。

象徴たる絶対を砕かれたことを筆頭に、ショウリーグは数々の絶対を失っていった。

バットに当たれば絶対ホームランにしてきたヨクトブボールズ比内不離人（ひないふりひと）は初めての凡

打を記録し、魔のサードとおそれられたパット・ペイカーもプロの打球の鋭さに追いつけず捕球し損ね、籠絡楽朗は審判を買収しようとして一発退場。

唯一守られている絶対といえば盗塁率一〇〇％くらいのものだが、そもそもショウリーグ側が誰一人塁に出ていないのだから意味はない。

牧之原がいさえすればという想像の余地もない、徹底的な蹂躙。

プロとショウ。どちらが勝つか。

当然、箕輪もプロチームが圧勝する方に賭けている。

だが、自分でこの結末を予想しておきながらも、これが観たかったわけではないと気がついていた。

一見賭けにならないようなこの試合でさえ、東皇大学スポーツ研究サークル内では賭けとして成立していた。

ショウリーグの勝利に賭ける人間もいたのだ。

勝てるはずはない。誰しもがそう思ってきた。

だが、どこかで何かが起きるのではないかと期待もしていたのだ。

それは箕輪も例外ではない。

常に予想を裏切り続けてきたショウリーグである。

かと疑ってしまうほどに。

初回十点を失っても心のどこかで、これは大量失点をひっくり返すための演出ではないかと疑ってしまうほどに。

だが、その期待はベースボールマスクの凡退という現実によって簡単に打ち砕かれた。

賭けには勝っているはずなのに気分が晴れない。

試合は四回の裏に入り、また大量得点を浴びる様を見なければならないのかと箕輪は陰鬱になりかけていた。しかし、試合が思わぬ形で動き出す。

思わぬ展開。

それはいつだってショウリーグが仕掛けてきたものであったが、今日それを仕掛けたのはプロリーグ側であった。

プロリーグの攻撃に入っても、バッターがベンチから出てこないのである。

代わりに審判がマイクを握りグラウンドに現れる。

『えー、球審の古賀です。ただ今プロリーグオールスターチームより打診がありました。これ以上の点差を覆すことは不可能と判断、特例としてコールド試合とし、現段階でのショウリーグ側の棄権を容認するとのことです。我々審判団も協議の結果、これに同意。ショウリーグ側に判断を委ねます』

ショウリーグが呑んだプロのルールにコールド負けはない。

たとえ負けるとわかった試合であっても観に来てくれた観客のために最後まで闘う。

それがプロのエンターテイナーとしての最低限の矜持(きょうじ)である。

だが、これ以上やっても無駄だと。蹂躙の後に手渡された屈辱。

この時、箕輪は願ってしまっていた。

ショウリーグが蹂躙される姿をもっと観たいという、サディスティックな願いではない。

そこにあったのはもっと純粋な願い。

次の回にはベースボールマスクの打順が再度回ってくる。

せめて一矢報いてくれ、と。

なにかあるはずだ、と。

呑むな。

呑むな！　と。

これに対しショウリーグベンチからは、監督ではなく、スーツ姿の男がグラウンド上に現れる。

箕輪もその顔は知っていた。

堀切興行社長の堀切始であった。

あんたも握れ、マイクを。

認めないと言ってくれ。

まだこれからだと。

だが箕輪の願いもむなしく、堀切はマイクを握ることなく両手を上げる。

その両の手は選手たちを手招きする動きであり、それは選手たちへの帰還の指示であった。

守備についていたショウリーグ側はベンチ前へと集合してしまう。何の策もなかったことを知らしめたのだ。

そして、箕輪が期待の裏に隠していた怒りが噴き上がる。

ならば、おまえたちは何故そこに立ったのだ。策がなく通じないと言うならば、エースがいないと通じないと言うのならば、戦う前に敗北を認めておけばよかったのだ。

絶対を掲げて闘ってきたショウリーグが、もしかしたら何とかなるかもしれないと淡い期待を抱いて挑んだのか、プロに。

ファンも、プロも、自分たちでさえも騙して、裏切って、何がしたかったのだ。

許せない、あぁ、許せるものか。

激情に身を任せるがままにその怒りを投げつける。

投げてから、それがくしゃくしゃに握りつぶした紙コップだと分かった。

ほぼ同じタイミングで、選手たちに向けて空き缶や紙屑が投げ込まれる。

最初は数発程度だったが、それが呼び水となり、あらゆる手近にある投げられそうなものが雨霰とグラウンドへと投げ込まれる。

各所から怒声も一緒に投げ込まれ、群衆の一部となった箕輪もともに声を上げる。

彼自身もどうやってその怒りを抑えていいのか分からなかった。

金を返せという声も聞こえるが、返されたところで収まる気もしない。

どうして欲しいのかが自分でも分からないのだ。

これ以上の解決はこの場ではもう起こせないと、頭では分かっている。

ただこのままですましてはおけない。

行き場のない怒りが怒りを呼び、渦になってグラウンドへと吸い込まれていく。

たっぷり一分近くそのままの姿勢で罵声に晒され続けた選手と堀切始は、ほぼ同じタイミングで頭を上げると、ゆっくりベンチへと戻っていく。

彼らが姿を消すことでようやくそのうねりが引いていく。

箕輪は感情の発散で疲労を感じつつもその場で立ちすくんでしまっていた。

まだ怒りが燻（くすぶ）っているのが分かる。

そこでようやく自分がしたことに思い至る。

噴き出した感情が大きかった分、引いた後の虚しさも大きい。

何故こんなにも怒りがこみ上げたのか。

気がつかないうちに期待してしまっていたからだと。

同時に、それを裏切られてしまったと感じている自分にショックを受ける。

ただの賭けの対象であったはずのショウリーグに、一体いつから期待していたのだろう。

それも思い出せず、ただぼんやりとものが散乱したグラウンドを眺め続けていた。

21

編集室の床には空になった弁当箱とペットボトルが散乱し、それが時間をかけて積まれたことを示すように鼻をつく異臭が立ち上っている。

その臭いに棚畑千遙は顔をしかめつつ、寝床となっていたのであろうソファの毛布を摘みあげて敷きながら座ると、モニターに向かう銀道元太の背に声をかける。

「毎日毎日、隙あらばサブの編集室に籠もってるやつがいるから何とかしてくれって言われてきてみたけど、自分で映像の編集するアナウンサーなんて聞いたことないわよ」

「しょうがないじゃないですか、こんなお蔵入りが分かり切ってるような素材なんて誰も引き受けちゃくれないですからね」

銀道が字幕のテロップを打ち込んでいく映像を見て、棚畑は察したようにさらに顔をしかめる。

「こないだの堀切始へのインタビュー？　あんなことになる前のイケイケの時だから銀ちゃんも力入れてたものねぇ。けど、あれだけ全国区で恥をさらした後にこれ流すわけにはいかないでしょ」

「今だからこそ流さないといかんと思うんですけどね」

「ムリムリ、もう完全にショウリーグは叩いていいってほうに風が向いちゃってるもん。まだ次の対戦を放送する前からクレーム殺到しちゃってもう大変よ。スポンサーが堀切興行だから打ち切るわけにはいかないし、上もかなりまいっちゃってるんだから。今更プロリーグとの対決前のインタビューなんか流したら、火にガソリン投げ込むようなもんよ」

投げやりに言葉をあびせながらも棚畑が機材を操作すると、別のモニターで銀道が加工している映像の素材となるインタビュー映像が、棚畑の前のモニターにも流れ出す。

「こうしてアップで見てみると、堀切の社長さんって年齢のわりに結構若く見えるわね」

「棚畑さんは僕を止めにきたんじゃないんですか？」

「建前上はねぇ。本音は会議がめんどくさいからサボリよサボリ。立てこもりって言っても、どうせその作業終わったらちゃんと出て行くんでしょ。それまでつきあったげるわ」

「それはどうもすみません」

会話の応酬はあれど、互いに目の前のモニターから目を離すことはない。

「っていうか、インタビュアーに銀ちゃん指名してきたのは向こうなんでしょ。そりゃ銀ちゃんは実況してるからおかしくはないけど、なんで？」

「僕も気になってそれとなく聞いてみたんですけど、僕が実況だからってこと以上の特別な理由はないって言われましたよ」

「正直、銀ちゃんの実況って、私見入りまくりな上に前に前に出ようとするからひどいもんなんだけどね」

「巷じゃ、解説の小橋さんのほうが実況しているとか言われてるらしいですからね」

「まぁショウリーグっていう新しい試みだからこそ、それがハマったとも言えるんだけどね」

「褒めてくださるのも、眠気ざましの話し相手になってくださるのもありがたいんですが、僕の分析するのだけはやめてくれませんか、ホント」

「からかいがいがあるってことよ」

完全にくつろいだ姿勢のまま喉の奥で笑う棚畑が向かうモニターでは、堀切始がショウリーグの成り立ちについて語っていた。

『一番の目的としてはやはり、一度野球を諦めた人たちにも野球をするための舞台を用意するっていうことが大前提ですからね。とはいえ、独立リーグのオーナーをやらせていただくからには、上を脅かす存在になってもらわないといけませんからね。プロの真剣勝負とは別のアプローチでやっていくことによって、野球興行全体を盛り上げていければなと考えてます』

「すごいご立派なこと言っているんだけど、あの試合のあとに聞くとみっともなく見えるから不思議よねぇ」

誰にともなくただ思った感想を口にする棚畑に対して、作業している銀道はそれに応えず、代わりにモニターに映った銀道が話を進めていく。

『その通常とは違うアプローチとしてショウという形で野球を行われている訳なんですが、ショウというからにはやはり台本があるんでしょうか？』

その手の質問が来ることは予想していたと言わんばかりに画面の中で堀切始が、そしてそれを観ていた棚畑もまた苦笑する。

「随分とまぁ強引にいったわね」

「その辺は、編集で堀切さんの表情カットしたんで問題ないですよ」

「だとしても話の振りがヘタクソじゃない？」

「これだけは絶対聞いてこいって上に言われてたんですもん。嫌な仕事は先に片づける主義なんですよ」

そんな会話を全く意に介さず、画面の中の堀切は質問に応えていく。

『台本のあるショウもありますが、インプロやエチュードのように台本のないショウもありますからね』

「否定も肯定もせず、か。まぁこれは上がアホだわね。あれ見て台本ないって考える客はいないっての」

「まぁ、こっちだって真っ向から肯定してくるとも思ってませんよ」

『ですが、現在ショウリーグには、プロ野球で活躍された選手を中心に他のスポーツ業界で活躍してきた選手たちも参加していますが、こういったショウという形で野球を行うことに抵抗はなかったんでしょうか？』

『各々含むところはあるかもしれませんが、やはりプロという興行に対して、同じようなことをやったところで劣化版……と言い方は悪くなりますが、やっぱり見劣りはしますよね。もし、ウチの選手たちが真っ向から野球をできるならば、最初からプロという篩からは漏れていません。選手たちもそのことは理解してくれていると思っています。その上で卑屈になるのではなく、お客さんのために自分たちができることできないことを、プロという世界でやってきたからこそ客観的に見て割り切れる。逆に元々の独立リーグから残っていただいたメンバーは、ショウという形式を通じて、今までとは違う大観衆からの声援というものがどれだけ力を与えてくれるのか、ということを感じていると思います』

『応援をもらえるという意味ではショウも野球も本質に違いはないと』

『なんのために野球をやっているのか、という部分ですね。純粋に体を動かしたい、野球をやりたいっていうのはもちろん理解できます。でも、たとえ野球が趣味だって人たちの草野球だとしても、ベンチから仲間が声援を送ります。それは根源的に試合で活躍できた時の達成感、それを観ている人たちから褒めてもらい、さらなる活躍を求められるという快感に到達する。その快感こそがスポーツをやる側の醍醐味なんじゃないかと僕は思っています』

「こうして聞いてると、かなりプロリーグのこと意識しているのよね。プロありきで、それに対してどういうふうに動いていくかがやっぱり指標になってるのかしらね」

「インタビュー撮った時にはすでに直接対決は決まっていましたから。そのへん意識して話してくれたんだとは思いますけど」

「でもそうなると、ここまでプロリーグというものを意識していたはずの堀切始が、何のプランもなく挑んだとも思えないわね」

「僕もそれを感じています。今回はアクシデントから発生した対戦カードだとしても、遅かれ早かれ計画されていたショウだったたって。だからこそ、早めに世間に気付かせるべきだって思うんですよ。彼らが仕掛けてくるのは、いつだって失望の後だってことを」

「でも、これをこのまま出しても弱いわね」

「ですね……」

「なんでか教えてあげようか？」

作業の手をとめた銀道は思わず棚畑を見るが、彼はニヤニヤと笑いながらモニターを眺め続けている。

棚畑の意図が今ひとつ汲み取れないが、実際編集を進めていた銀道には、映像を用意できたところで、上を説得する材料がないこともわかっていた。

「ここまできて、まだ棚畑さんから学べることがあるとは思いませんでしたね」

「まぁ、アタシにわかって銀ちゃんが知らなくて当たり前……というよりも、あえて教えてこなかったことではあるんだけどね」

棚畑は口を歪めて笑いながらそれを口にする。

「意図がないからよ。ニュースの意図。銀ちゃんがやろうとしているのは、今日動物園でパンダが生まれましたってただの報道。普段実況でしているみたいに私見入れまくって、パンダが生まれました、かわいいですね～。観に行きたいですね～。でも足がないなぁ。はい、ここで車のCMドンってな感じよ」

「報道に意図を持たせるってことは理解していますけど、これインタビューですよ？　起きた出来事に対して私見を交えて話すんじゃなくて、すでにむこうの意思がある話にどうしようっていうんです？」

「パンダの映像も堀切始の映像も、どっちもテープに収まればただの素材よ。編集しちゃえばいいのよ」

「それはさすがに、倫理違反どころの騒ぎじゃないんじゃないですか」

「あっちが野球をショウにするんだったら、TVショウはこっちの専売特許よ」

ウィンクを飛ばしてキメた棚畑は、機材を使って編集作業を始める。

『ショウリーグの今後の展望をお聞かせください』

『ショウリーグは、所属選手たちが今まで表現できていなかった新しい個性をアピールすることで活躍する舞台です。その性質上、ここに集まる者はかつて一度夢を諦めた人間たちが中心となる。ですが、一度砕けた夢の残骸を意地で固めて作ったこの舞台が、これから夢を追いかける人たちにとって「いつかこんな舞台に立ちたい」という夢を与える立場になれたらいいですね』

棚畑の作業の傍らインタビューの映像は続き、それを聞きながらも、堀切の発言は切り貼りされ並べ替えられていく。

「歯の浮くような企業理念よね」

「そうですか？　僕は堀切始の本音の部分だと思いましたけど」

「銀ちゃんも知ってるでしょ。下戸晋也の話。堀切始は今でも、夢も他人の人生も金で買えると信じている金の亡者よ」

下戸の件は銀道も知っている。ショウリーグについて調べを進めていく最中、どうやらそれが噂ではなく実際に起こったことであるらしいということも。

堀切始が金の亡者であるという意見を否定する言葉を、銀道は持ち合わせていない。

だが、そうではないという確信があった。

強いていうなら、直接面と向かい合った時の印象である。

彼が時折周囲に漏らす「自分には金しかない」という言葉。

それが銀道には、金以外の何かを求めているように聞こえてくる。

かつてスターを目指した少年は、その夢を叶えるには至らなかった。

ショウリーグという舞台に集められたのが一度夢を諦めた人間であるように、彼らを集めた堀切始もまた一度夢を諦めた人間なのではないだろうか。

それをショウリーグを通じて手に入れようとしているのではないか。

だが、それがどんな夢なのかがわからない。

報道の人間であるにもかかわらず、その感覚を伝えられないもどかしさ故の銀道の足掻きではあったが、それは棚畑の手によってゆがんだ形で実現されようとしていた。

「大体こんなもんかしらね」

編集作業が終わると棚畑はモニターの横に立ち、片手でリモコンを持ちながら、反対側の手にはインタビュアーになったようにマイクをもつ素振りをする。

「プロとの直接対決、結果として実力差が大きく表れたという形になってしまったんですが、対決以前にそういったヴィジョンはあったんでしょうか?」

棚畑から見えないマイクを向けられた堀切が、画面上でそれに応えていく。

『なんのために野球をやっているのか、という部分ですね。純粋に体を動かしたい、野球をやりたいっていうのはもちろん理解できます。でも、たとえ野球が趣味だって人たちの草野球だとしても、ベンチから仲間が声援を送ります。それは根源的に試合で活躍できた時の達成感、それを観ている人たちから褒めてもらい、さらなる活躍を求められるという快感に到達する。その快感こそがスポーツをやる側の醍醐味なんじゃないかと僕は思っています』

「そもそもの目的がプロとは違っている、ということですね。勝つためではなく、観客を盛り上げるためにショウを行う。ですが、それが結果として野球というステージで一方的な試合展開となり、ショウリーグ側が喝采を浴びて終わるのではなく、社長と選手一同がそろって観客に向かって謝罪の意をしめすという衝撃的な終わりでしたが、その辺はどうお考えでしょうか？」

『各々含むところはあるかもしれませんが、やはりプロという興行に対して、同じようなことをやったところで劣化版……と言い方は悪くなりますが、やっぱり見劣りはしますよね』

「世間では牧之原選手が引き抜かれたことが大きな敗因のひとつとの声もあるんですが、プロとの交渉はあったんでしょうか？」

『ショウリーグは、所属選手たちが今まで表現できていなかった新しい個性をアピールすることで活躍する舞台です。一度野球を諦めた人たちにも野球をするための舞台を用意するっていうことが大前提ですからね』

「プロリーグへの移籍は最初から想定済みだったということなんですね。つまりここからの後半戦、何か想定があるということなんでしょうか？」

『上を脅かす存在になってもらわないといけませんからね。プロの真剣勝負とは別のアプローチでやっていくことによって、野球興行全体を盛り上げていければなと考えてます』

自分が編集した部分はここまで、と棚畑は画面を止める。

「こんな感じで意図を汲み取っていくってわけ」

「汲み取るというか、言葉を切り取って、足りない部分をこちらの解釈で意図させるってわけですね。話の流れを知っている身としては無理があるって感じますけど、フラットに初見でこれ流れたら、わかりませんね」

「でしょ？　これになんか適当に、ショウリーグが後半戦に向けて何か企んでいる含みを持たせるような煽りを、この映像の前に流しちゃえば完全に信じ込むでしょ」

「そう簡単にいきますかね」

「そもそもなんで、プロとの対決があんなに期待値が高かったんだと思う？　プロ相手に何かしてくれるんじゃないかという未知への期待でしょ。その化けの皮がはがれて世間は手のひらを返した。だったらもういちど化けの皮をかぶせてやればいいのよ。それでも何かを企んでるってね。何かあるっていう希望にすがりたい人間ってのはまだ相当数いるはずよ」

「それでショウリーグ側が何も考えてなかったらどうするんですか？」

「知らないわよそんなもの。でたとこ勝負。どうせ今のままじゃ、ショウリーグはプロに挑んだ恥知らずとして沈んでいくのが目に見えている泥船よ。けどそれは端から観ればの話。だまされて乗り込まされた客は、泥船だからこそ必死にどうにかしなきゃとあがくものよ。船長も乗員も客も必死にあがいてみたら、案外宝島にたどり着くかもしれないじゃない。せっかくショウリーグが銀ちゃんを自由に泳がしてるんだから、自由にやればいいのよ。自由に」

棚畑の言にも確かに理がある。だが銀道は、事実を捻じ曲げるというのにはやはり報道マンとして些か抵抗がある。その迷いから意識を逸らすように棚畑は言葉を重ねる。

「この方向性でいくんならアタシも上を説得しやすいんだけどねぇ。これ、向こうは映像もってるの？」

「いえ、カメラはうちの一台だけですし、スタジオもうちの使いましたけど」

「んじゃ、編集終わったら素材は破棄しちゃいなさい。それで何も問題はない」

「ですかね」

「なら決まり。上の許可おりたら正式にそういうの得意な編集つけてあげるから、銀ちゃんは一旦家に帰りなさい。ひどい顔よ」

「わかりました。ですがひとつ、編集に棚畑さんも立ち会っていただけませんか」

「別にそれは構わないけど……なんで？」

「最後まで勉強させていただきたいからですよ。意図の与え方ってやつを」

棚畑から見て銀道の目に迷いは感じられなかった。

前から頭は固いが、そうするだけの理由をきちんと与えてやれば納得する人間ではあった。棚畑からしてみれば説得に応じたように感じたまでだが、実際には少し違っていた。

ただひとつ。

銀道元太は嘘をついていた。

インタビューの映像は、マスターデータをすでにショウリーグ側へと提供している。仮にショウリーグ側が、編集されたインタビューに異議があればそれを申し立てることはできる。

銀道自身はすでに、映像を編集して今後の展開を煽ることも考えていた。だが、彼にそれをさせなかったのは放送倫理的な観点ではなく、編集したのが自分であるというのがわかる状態でそれを行い、ショウリーグ側との信頼を損なうことだけは避けたかったからだ。

真っ当なもともとの映像を上に提出すれば、向こうから自然と偏向した映像を出すような要望がくると踏んでいたのだが、罪の所在がわかりやすくなるように責任者として棚畑が出てきてくれたのは渡りに船だった。

もっとも棚畑の言を借りるならば、

「一緒に乗りましょう、棚畑さんも。泥船に」

そういうことになるのだろう。

22

（げぇっ、阿県杏樹だ……！）

球場近くの居酒屋に入った富馬正（とみうまただし）は、正面の席に座っていた最強スポーツマン連合の応援用ユニフォームを着込んだ男を見て、一瞬で厄介な事態に直面したことを悟った。

幸い向こうはこちらに気づいてはいない。

後ずさりで店を出ようとするが、慌てていたため背後にいた人とぶつかってしまう。

「おっと、失礼」

「おー、王司こっちだこっち」

入ってきた男の気配を察して、阿県が顔を入り口に向ける。

前門の阿県杏樹、後門の大森王司に挟まれる形となり、富馬は阿県と真っ向から目が合ってしまった。

「あれ？　もしかして、えーっと……ヤジ馬さんでしたっけ？」

「富馬だよ！」

「え？　誰。杏樹の知り合い？」

「え、王司知らないの？　あのバックネット裏で元気よくヤジ飛ばしてるのが、このヤジ馬さん」

「富馬ですぅ！」

「あぁ、見たことあると思えばあの……というか、なんでおまえはこの人の名前を知ってるんだよ」

「確かもともと極光ダイヤモンズのファンでしたよね。俺、鎌乃谷（かまのや）の球場で何度も会ってるんだよ」

当たり前の顔して当たり前のように言うが、全く理由になっていない。

確かに面識はあるが、何故こちらの名前まで把握しているのか。

阿県杏樹と大森王司といえば、ショウリーグファンクラブのトップツーだ。

二人交代制で四チームの応援リーダーも務めている。

もともとプロチームでもそういった活動をしていたのだろう、応援時の声の合わせ方やコールの挟み方などを、逐一紙に印刷して配ったりとその行動は精力的だ。

試合前から入場する観客に呼び掛けをしている阿県たちは嫌でも目立つ。

だから富馬は彼らの存在を知っていた。

一方、それと対極の位置にいるのが富馬である。

「あー、思い出した。エアスポットさんか！」

なんだその名は。

知らないところでつけられたあだ名だが、身に覚えはある。

敵味方構わず選手たちにプレッシャーを与えるべく、ネガティブな要因を見つけては相手ベンチ付近の内野席でビール片手に野次を飛ばす富馬の周りからは、常に他の応援客が離れていくのだ。

だが、ショウリーグになってからは全席指定なので、周囲からは迷惑そうな顔をされるがそれもなくなっている。

「これも何かの縁ですし、どうぞどうぞ」

勝手に席につけられ、勝手にグラスにビールを注がれる。

互いに見知った顔とはいえ、ほとんど初対面であるにもかかわらず、阿県は図々しく距離を縮めてくる。阿県の隣に座った大森も、気まずそうにしながら黙ってグラスを傾けている。

「なんでだ。構うな構うな」

「まぁまぁ、話つきあってくれてる分には奢りますんで」

当然だ。只でもなければこんな犬猿の相手と飲めるか。

「俺らも大概ですけど、富馬さんは今でも結構な頻度で来てらっしゃいますよね」

「ふん。観客がだいぶ減ってくれたおかげでチケットが簡単にとれるからな。日頃の憂さをはらす絶好の暇つぶしができてるよ」

「でも、そのためにわざわざ球場まで足を運んでくれているんですよね」

「もともとこの辺に住んでるんだよ。最初の頃はタダ券何枚もくれていたから来てただけだ」

半分は本当で半分は嘘だ。きっかけは地元に配られた招待チケットだったが、今は普通に金を払って入場している。

それも、金を払わなければ金を返せと文句を言えないから、というだけの理由だ。

「あんたたちもよくこの状況でファンクラブなんてやってられるよ」

「ファンクラブの結成タイミングがよかったってのもありますね。ちょうどシーズン前半戦終了時でしたし」

つまり、プロリーグ相手の記録的な大敗のほぼ直前、ショウリーグ人気のピーク時である。

あの交流試合は、やはりプロチームの実力は本物であると世間に知らしめた。

もともと翳りが見え始めたとはいえ野球自体が国民的スポーツであり、プロリーグ側もその受け入れ体制は万全。というよりも、むしろショウリーグが集めた客を根こそぎ奪うための牧之原の買収であり、手加減抜きの蹂躙だったともっぱらの推測である。

実際、あの敗戦から二ヶ月がたったが、富馬の言葉通り、球場まで足を運ぶファンは数を減らし、配信の再生数も徐々に減ってきている。

あの敗戦も予定通りだったと匂わせる報道もあり、ショウリーグ後半戦の動向は多少注目を集める声もあるのだが、ショウリーグはプロとの試合をなかったかのように振る舞い続けている。

無論、牧之原が抜けた以上今まで通りとはいかず、後半戦から新戦力を投入して別の路線でショウを形成し始めている。

だが、あの敗北について言及しない姿勢に反感も強く、ファンのほとんどはプロリーグへと離れていった。

そんな低迷の一途をたどるショウリーグ。

そういう下り調子の相手こそ富馬にとって格好のヤジり相手なのだが、彼らをぎりぎりで支えているのがファンクラブの存在だ。

元々プロ野球から流れてきたファン層が多く、リーグ全体に対しては不信感が強くても、選手そのものの人気は根強い。

そして、今までプレミアが付くほど人気だったチケットも値崩れを起こしはしたものの、逆に空いているならば見に行ってみようという物見遊山の客が増えた。

そしてファンクラブは、そんな客にショウリーグはまだ人気があると思わせる存在にもなっていた。

「逆に固定客が増えてきてファン同士まとまりやすくはなりましたけどね」

「それまでのファンの期待を裏切っておいてよく言う」

「そう言われますけど、裏切ったのは世間の期待であってファンではないですからねぇ」

あまりにも身勝手な阿県の言に、富馬は口に入れたビールを吹き出しかけた。

狂信者め。おまえもその世間の一部だろうに。

「エースを強奪されて、実力でもプロ相手に手も足も出ず、売りにしていた『絶対』っていうブランドに傷を付けて、ショウの部分も見せられず、ファンが離れていってるこの現状が望んだ結果だと?」

「離れていったとしてもプロリーグにですよ? 野球という競技そのものから離れていった訳じゃない。実際これでプロ野球は人気を盛り返しました。あそこでショウリーグがプロに勝ったとして、何か残りましたか? 向こうは負けたとしても、本気じゃないといくらでも言い訳ができる」

「こっちだってショウだったと言い訳もできるだろう」

「してませんよね?」

確かに明言してはいない。だからなんだとも思う。

なんでこんなこと考えながら酒を飲まなければいかんのだ。

これだからこいつと関わり合いになりたくなかったのだ。

ヒートアップしていく阿県に対して、大森はいつものことだと呆れたような顔をしてはみせるが、特に咎めようとする訳でもなく傍観を貫いている。

ならば富馬としては突き放していくしかない。

「なら実力で負けたってことだろう」

「それ以外の選択肢をとれなくなったからでしょう。ショウリーグ側にとって一番の想定外は牧之原の強奪。だからこそ勝てなくなった……というよりも、プロ側が負けられなくなったというべきでしょうか」

「元からショウリーグ側に勝てる見込みなんてなかっただろうが」

「意味合いが変わってくるでしょう？　プロリーグが本気で潰しにかかってきていることを示した以上、向こうは負けた時に言い訳ができなくなってしまった。相手のエースまで奪っておいて勝てなかったのか、と」

「さっきから聞いてりゃなんだ？　あれはわざと負けたって言いたいのか？　それこそ手を抜いたとわかれば非難囂々（ごうごう）だろうよ」

「俺らは、ブラックミスツ以外全てのチームが常に全力で負ける姿を観てきていますよ」

　こいつ完全にイカレていやがる。

　そういえば阿県が着ているのは進藤悟のレプリカユニフォームだ。

現役のころからこの男が応援していた姿を思い出す。

贔屓の選手が敗北に意図的に加担してきたのを初戦から観てきているのだ、螺旋（ねじ）の一本や二本とんでいてもおかしくはない。

「だからって情けない姿をファンに晒していい理由にはならんよ。ブラックミスツがなんであれだけ人気だったのか。必ず勝つからだ」

「情けない、ですか。俺はそうは思っちゃいない」

「少なくとも離れていったファンはそう感じただろうよ。三十対〇、そんな大量得点で負けて誰が胸を張れる?」

「その内訳は毎回十得点、毎回きっかりですよ? あまりに綺麗に整いすぎてやいませんか?」

そう来るか。

敗北に理由があれば負けていいとでも言いたいのだろうか。

「十という数字にそれほど意味があるようにも思えないがね。おまえさんだったらどんなにスコアがばらけていても無理矢理規則性を見つけだして、これは偶然じゃないとかぬかすだろうよ。完全なる敗北を認めまいというスタンスであれば、いくらでも言い訳を見つけ出せるだろうさ」

「ではハプニングだったはずの試合放棄に、なぜ選手たちは一糸乱れぬ謝罪をできたんでしょう?」

言葉に詰まる。それは富馬も疑問に感じていた。

試合を放棄するとなれば、選手たちの中に誰か一人でも不満に感じる者がいてもおかしくはない。なのに全員、堀切の指示にあっさりと従った。

頭に思い浮かぶ、堀切と選手たちが相手チームと観客に頭を下げている姿。スポーツ新聞などで大々的に取り上げるのに画になるほどの整然とした謝罪。あれをあの状況で何の音頭もとらずにできるものだろうか。

「仮にあの敗北がショウリーグ側の演出だったとしても、強者相手に毎回十点をコントロールしてとらせました、褒めてくださいってか？　惨めな言い訳にしかならないよ、そんなもん」

「そうですか？　強者相手に失点コントロールするってことは十分すごいと思いますけど」

「だったらおまえさんだけそう信じていろよ。こっちに押しつけるんじゃねぇ」

「どんな大絶賛されているエンターテイメントにだって、それを受け入れられない人は存在しますよ」

「おい、待て。人を勝手に理解できないカテゴリに分けてるんじゃねぇよ」

「そうだぞ、杏樹。その辺にしておけ。自分だけの正しさを楯に相手を否定し続けて、相手にそれを認めさせるのは、悪質宗教の勧誘と変わらないぜ」

ヒートアップしかけた議論を大森が制止する。

「すみませんね。自分にとって都合のいい方にしかとれないんですよ、こいつは」

「だろうな。話しててよく分かるよ」

意外なところから助け船が来たものだ。

富馬は話を元に戻していく。

「俺が言いたいのはあの敗戦がショウだったとしても、もうどうにもならないだろうってことだよ。また直接対決でもしてリベンジするか？　それで勝ったとしても、今度はプロが評判を落として元通り、なにも変わりゃしない。結局のところ話題をつくったところで、今いる客が右へ左へ流れていってその間に少しずつ飽きていって減るだけだ。ショウはショウ、プロはプロ、それぞれやっていればよかったんだよ。けれど時間は戻らない。もう遅いんだよ、なにもかも」

富馬にだって本当は応援したい気持ちはあるのだ。

ヤジを飛ばせるしょっぱいプレーが引き立つのは、うまいプレーがあってこそであり、ショウリーグにもプロに負けていない素晴らしいプレーが常にある。

しかし試合を見ていると、どうしても敗北の記憶がちらつくのだ。

その度に所詮は茶番劇だと思い知らされてしまう。

「あぁ、そうか。ようやく理解した。あなたはショウリーグのファンでもなく、プロリーグのファンでもないんですね」

「何だと？」

阿県にファンの定義までご高説いただく謂われはない。

二対一じゃなければ殴りかかっているところだ。

だが、こちらの気持ちも露知らず目の前の狂信者はうんうんと頷き、さっぱりした顔をしていた。

得心がいった、と顔に書いてあった。

「富馬さんは野球そのもののファンなんですね。だから敵味方関係なく怠惰なプレーを許さない。いつも的確に選手のプレッシャーになるヤジをとばしているから、ただ憎いだけじゃないとは思っていましたが、あなたも俺たちと同じファンの一人だったんですね」

阿県は、ずっと頷きながら言葉を紡ぎ、最後に少しだけ小首を傾げた。

「つまり……ツンデレ？」

「はぁああ!?　おーい！　まじでこいつなんとかしろ。俺まで自分に都合よく肯定しようとするんじゃねぇ」

再度助けを求めて大森の方を見るが、にやつきながら憐れみの目でこちらを見るだけだった。

「なんとかすることはできますけど、こいつの肯定を止めることはできませんよ。そういう奴ですから」

やっぱりこいつも敵だった。

「で、だとしたらなんだ。ファン同士仲良しこよしでファンクラブに入りませんか？　ってか？」

「いやぁ、人の応援はそれぞれのスタイルがありますから。強いて言うなら、まぁ周りのお客さんの迷惑にならないよう程々に。せっかく応援席なんてものがあるんだからそっちで声出しましょうよ……あ、でも富馬さんの場合は選手に近いところじゃないと意味薄れちゃうか」

最初っから阿県はこちらを否定するのではなく、肯定しようとしていたのだ。

よくよく考えてみれば、偶々立ち寄った店で出会っただけで、こちらの応援姿勢に文句があるなら球場で言いに来てもよかったのだ。

これはファンクラブへの勧誘でもなければ議論ですらない。

ただの聴取みたいなものだったのだ。

理解できないものを肯定するために相手を知ろうとする。

そうやってこいつはショウリーグも肯定してきたのだろう。

今度は逆に富馬が疑問を口にする。

目の前にいる阿県のことを知りたくて。

「なぁ、なんでおまえたちはそんなにも無邪気に応援できるんだ？」
「そりゃあ、俺たちの予想を裏切るのがショウリーグですから」
何の迷いもなく阿県はそう答える。
だろうな。
最初っからそうだったのだ。
観客ができるのは信じることだけなのだ。
信じているから応援するし、文句も言う。
全てが茶番なら、逆転の一手だってあってもおかしくない。
そう信じるしかない。
そしてそれを見たいのだ。
俺だってそうだよ。コンチクショー。

23

「くっそつまんねー試合だなぁ！」

モニターから流れているショウリーグのシーズン最終戦、第一試合のブラックミスツ対最強スポーツマン連合をビール片手に観ながら、藤森風太は今日も毒づいていた。

彼の行う配信放送『酔っぱらいがホロっと野球観戦！』は『酔っぱらいがぶった切る！ココが駄目だよショウリーグ！』と名を改め、ショウリーグのご意見番的な立ち位置を確立していた。

プロとの敗戦以降は安定して四桁以上の視聴者が来る。皆不満を吐き出したいのだ。

（まぁ、よくわからない地方リーグがやりすぎただけなんだよなぁ……プロとやらなきゃ安定したシナリオ進めてただろうに）

片手の残った缶ビールを呷って空にすると、すぐさま次の缶の蓋を開ける。

ショウリーグに裏切られた飲んだくれキャラは、視聴者が喜ぶ要素のひとつである。

酒を空ける度に、「悪いお酒だよ」「今日も荒れてますねぇ」とコメントが流れ、もっと飲めとネットの向こうから知らない誰かの投げ銭が飛んでくる。

「テコ入れのために投入した新戦力が軒並みダメ、結局、ベースボールマスクの打率九割九分と籠絡楽朗の買収戦術に頼るだけにしか見えませんねー」

牧之原の穴埋めとして参戦した元ドングリーズの山本雄一（やまもとゆういち）にはその絶対性はなく、しかも参戦早々に籠絡に買収され、対エクスギャンブラーズ戦に絶対敗北という不名誉な称号を授かる形となってしまった。

最強スポーツマン連合に参加した元サッカー選手の高田輝彦(たかだてるひこ)も、外野からシュートスタイルで返球するという離れ業を披露するものの、バッティングは壊滅的といまいちパッとしない。

「ヨクトブボールズの宇佐見も活躍はしているんですよ。でも結局はチームが大振りの全力スイング。ホームラン至上主義のままでは大して変わりませんからね。しかも後半からの参加で、どうやってもホームラン数トップには結局追いつけず。ショウリーグ全体として見たら意味ないですよこんなもん」

そんななか、唯一新戦力の投入がなかったのはエクスギャンブラーズである。

ミスターXと称する人物が選手登録されたが、後半戦にまったく姿を見せずただのハッタリではないかと噂されるほどである。

「一応今回が通常の試合の最終戦で、次節がシーズン完結篇として首位のブラックミスツに下位三チームが連合を組んで……スポーツマン連合と連合でわかりづれぇな！　まぁ、そういう三対一の形式をとるみたいですけど、エースの牧之原が抜けて以降、絶対勝利もできないブラックミスツ相手に挑んだところで、単なるハンデ戦にすぎないですよこんなもん」

前半戦の独走のおかげで、シーズンの優勝はブラックミスツにすでに決まっている。

シーズン序盤はそんなブラックミスツをどう攻略するか、ということに注目が集まっていたが、今は二位以下の順位争いの方が目玉になってしまっている。

連合チームは各チームからの登録人数がシーズン順位に比例して多くなる、という発表があったこともそれに拍車をかけていた。

「そもそもあのブラックミスツが今や前座ですよ？　しかも今日の試合はひどい。これじゃ草野球ですよ」

『これ球場で観ている人いるの？』

『結局は現役崩れのポンコツばっかりだしｗｗｗ』

コメントもこちらの流れに乗って否定的な言葉が流れ出していく。

藤森も気分がのってくる。

「はぁ～、やっと一試合目終了～。酒のまずくなるような糞試合をどうもでーす」

いつものように少し乱暴な言葉を織り交ぜ、こちらの退屈さを怒りにすり替えて視聴者の飽きをこちらの怒りに同調させていく。

「所詮はプロ野球参入に失敗した堀切始の道楽ってのがはっきりしましたよね。ショウとしてまず成り立っていない」

酔いながら、前にもこんなことを言ったような気がするのを自覚する。

酒の回りが今日は少し早いかもしれない。

「一試合目の試合時間は……一時間弱。短くはありましたけど内容は全然ナシ。二試合目はみなさん注目……してないとは思いますが、ヨクトブボールズとエクスギャンブラーズの三位決定戦でーす。というか、こんな退屈な試合見せられといて逆にまだ応援しているファンが一番の功労者なんじゃね？　そんな訳で功労者になりたい方はチャンネルはこのままでお願いしまーす。ちょっとお酒の補充と休憩ねー。次の試合もバスバスぶった切るからねー」

配信休憩中の表示を出してＰＣの前から席を立つ。

画面に見えないところで酔い覚ましの水を呷る。

最近は台本も用意していない。

藤森は思う。

自分はただ意地で配信を続けているだけと感じるようになっていると。

プレーする側も意地で続けているだけかもしれない。

本来そういう時は、少しでもポジティブな要素を見つけだす他ない。

だが藤森からしてみれば、叩いてくれと言わんばかりの情けない試合に見えてしまっている。

プロリーグに負けてからというもの、そういう気持ちでショウリーグの試合を見ることが多くなった。

応援しているチームが連敗し続けている時のような気分。

連敗中ならまだいい、勝てばいいだけのことだ。

何をもって勝ちとするかが見えてこない。

なにを求めてショウリーグを見ていたのか。

それをずっと思い出せずにいる。

二試合目が始まってもその思いは拭えずにいた。

画面に映る「ヨクトブボールルズ×エクスギャンブラーズ」の文字。

いつも通りのメンバー、いつも通りの打順、だがいつもと違うところが一点。

とんでもなくわかりやすい間違い探し。

マウンド上に立っている男が、エクスギャンブラーズの臣苗(おみなえ)投手ではないのだ。

それは、

(ベースボールマスク?)

いや、いつも見慣れているその姿とは少し違う。

背格好も小さいが、何より違うのは額に大きくXの文字。

伏せられていた新戦力、噂のミスターXの存在を思い出す。

「さっむいわー。今更投手版のベースボールマスクなんか出したところで、どうするんだって話ですよ」

サプライズを放りこまれてもいまいちわくわくが起こらない。

「サプライズなんて起きて当たり前、って状況に慣れてしまいましたからねぇ。何かあると身構えているこっちに驚きがないのは当然。そういう期待を更に越えられないからダメなんですよ」

自分の気持ちに理屈をつけて喧伝すれば、それを聞いている人間も自分の複雑な気持ちを言語化できたような気分になり、「おおまかな方向性があっているから自分も同じ意見だ」と同調してくれる。

しかし、そんな中、

『でもマスクの正体とかわくわくしない？』

というコメントが流れているのに目が止まる。

「マスクの正体を晒すにはタイミングが肝心なんですよ。今まで活躍をしてきた結果が正体とつながってくるのに、最終戦直前でノコノコ出てきたって、ふーん、って感じですよ」

しかし、妙ではある。どう考えても色物枠だろう。ベースボールマスクといえばやはりブラックミスッの象徴である。味方ならブラックミスッで使えばいいし、敵対させるにしても、マスクマン同士直接ぶつけたほうが盛り上がるのではないだろうか。

消化試合気味になっているとはいえ、メインとなる二試合目に持ってくるには妙な演出に思える。

(最終決戦前のお披露目ってところか？　プロリーグはシーズン終了してこれから日本シリーズに突入するから、二位以下のチームからなら引っ張ってこれるかもしれないが……トラウマになってすらいるプロから引っ張ってくるだろうか？)

藤森は配信中であることを忘れて、真剣に考え込んでしまっていたことに気がつく。

「あぁ、すみません、何でここで投入したのかなって考え込んじゃって」

『どうせ何も考えてないー考えるだけ無駄無駄無駄無駄ダム』

『最後にむけたヤケクソ采配でしょ』

などのコメントが返ってくる。

その通りだ。いつもと変わらない、今までと変わらないショウリーグでしかない。

いつもと変わらず脊髄反射で叩けばいいのに。

なぜか胸がざわついている。

そうこうしているうちに、一回表のヨクトブボールズの攻撃は三者凡退に終わる。

一番二番と二者連続セーフティバント失敗、三番打者は大振りの三振。

今の段階では、謎の覆面男の絶対はまだ見えてこない。

「初打席でホームラン予告達成したベースボールマスクに比べたら、新ベースボールマスクはインパクト薄いですかねぇ。初代ベースボールマスクと対になるなら絶対三振とかそういう感じかと思いきや、そうでもない感じですし。ヨクトブボールズ相手にならそれくらい余裕でできそうなのに……」

そこまで口にして違和感に気づく。

「あれ？　というか今の攻撃、ヨクトブボールズがセーフティ仕掛けてませんでした？」

藤森の覚えた違和感に視聴者たちも気がつく。

『マスクマンに気をとられたけど、そういやそうだ！』

『バントしてる姿初めてみたかも』

『路線変更？　がっかりだなぁ』

『バントのサインなんてあったのか………』

反応は様々だが誰も気がついてはいなかった。

言われてみれば、程度の違和感でしかない。

と、ここにきて更に球場がわく。

画面にはエクスギャンブラーズ四番、三木正宗が、バットをライトスタンドに向けて掲げる姿。

元アイドルによるホームラン予告。

それを藤森は妙だと感じた。

派手好きな三木正宗らしいパフォーマンス。

とはいえ、今まで何本かホームランを打っているものの、こういったパフォーマンスはこれが初めてである。

『なぜ今ここでそれをやる？』

『ホームラン予告という行為自体、思い返してみても第一節のベースボールマスクが一度やって以来じゃない？』

そのコメントを見た瞬間、「第一節」という単語が藤森にひらめきをもたらす。

「だ、誰か、今日の一試合目のスコアもってないですか⁉」

突然慌てふためく藤森を混ぜっ返しながらも、視聴者の一人がリンク付きのコメントを送ってくる。

『ここのサイトでリアルタイム更新してるよー』

すぐにスコアを確認し、今日のブラックミスツ×最強スポーツマン連合の試合と、自分の記憶にある第一節のヨクトブボールズ×エクスギャンブラーズの試合を照らし合わせる。

スコアと記憶は、藤森の直感通り一致した。

「この試合……第一節第一試合だ！　あの試合の再現をしているんだよ!!」

退屈なまでの一試合目も。

ヨクトブボールズのコンセプト無視したバントも。

この予告ホームランも。

すべてが第一節の内容に符合する。

違和感ではなく既視感だったのだ。

着ているユニフォームが違うだけで全く同じ内容の試合。

そしてそれが意味することはひとつ。

マウンドに立った新ベースボールマスク。

彼がもたらす絶対は、完全試合。

第一節、そこからショウリーグの全てが始まったのだ。

同時にその正体に思い至る。

「牧之原紅葉だ!!」

そして、だとすればなぜ彼がこの試合に現れたのか、なぜ古巣であるブラックミスツではなくエクスギャンブラーズでの復帰なのか、なぜ第一節の再現がブラックミスツでは行われなかったのか。

全ての答えが結び合わさる。

酒の酔いも、不平を垂れる今までのキャラも、全て飛んで、子供のように叫んでしまう。

「やる気だぞ！　最終戦！　防御率ゼロ対打率十割!!」

24

黒田倉之助はブックメイカーである。

その仕事は、ショウリーグにおいてブックと呼ばれる台本の作成である。

毎週二試合ずつ行われる興行の全てのブックは彼一人の手によって作られ、キャストたちがそれに準じて演じ、各チームの監督が演出家としてまとめることで、ショウリーグは成り立っている。

電撃的なベースボールマスクXのお披露目と、第一節をなぞった通常試合最終戦より一ヶ月ほど前。

来る最終局面を前に、その根幹たるブック作成においてどうしても必要な最後のピースを手に入れるべく、黒田はある場所へと来ていた。

住宅街の一角にある、遊具が二つ三つある程度でさほど広くもない公園。

そのベンチに座る男。

牧之原紅葉。

そんな有名人がいるとも知らず、子供たちは彼の目の前を全力で駆け回っている。

金しか持っていないという堀切始の資産を思う存分食いつぶして調査したところ、牧之原は試合も練習もない休日は、こうして公園のベンチに一人座って時間を過ごしていることを突き止めた。

特定の公園にこだわりがあるわけはなく、一度行った公園には二度立ち寄らない。

半日近く公園のベンチに座ってはいるが、見かけた人間も今日は妙なやつがいるな程度の認識で噂にもならない。

ただベンチに座ってぼーっと時間を過ごすというよりも、そこを通る人たちを観察している。

今日も、目の前を駆け回る子供たちをただただ眺めている。

まだショウリーグが旗揚げされる前のことを思い出す。

あの時は、ショウリーグの人員がまるで足らず、素人でもいいから使えそうな人材を探して街を歩いていたところ、向こうから突然声をかけられた。

今度は黒田の方からその背中に声をかける。

「子供相手に少し真剣な目で見過ぎじゃないか?」

「子供相手だからこそ真剣なんですよ。思いついたままの思考に身体があっていないから、突発的な行動の予測がしにくい。人間がどうやってそれをアジャストしていくのか、成長の過程も理解できる」

ほぼ真後ろから突然話しかけたにもかかわらず、牧之原は特に驚く様子も見せなかった。

「いつか誰かが来るんじゃないかと思ってましたが、黒田先生がいらっしゃるとは思いませんでしたよ」

「そりゃ、おまえをウチに引き込んだのは俺だからなぁ。俺が来るほかないだろう」

「ご恩を忘れて、砂引っかけて出て行ったのにお優しいものですね」

プロへと転向した牧之原は、初登板でいともたやすく得点を奪われ防御率ゼロを崩されているものの、先発として試合を崩さない程度の活躍は見せている。

「一応、恩だと思ってはいたのな」

「明日どうやって生きるかもわからない僕を拾って、ここまでにしてくれたのは先生のおかげですから」

本来牧之原のスキルがもっとも適しているのは打者であった。

しかし、その選択肢を取らず、投手としての役割を与えたのは黒田であった。

牧之原が元からもっている相手の行動を先読みするほどの観察眼は本物ではあったが、それだけで投手は務まらなかった。

いくら相手の行動を読めたところであくまで投手は先攻だ。狙っているコースを外されても、勢いのない球がくれば打者だって対応することはできる。

ただの野球経験もない一介のフリーターであった牧之原を、ショウリーグのエースに仕立て上げるのは簡単なことではなかった。

それでも黒田は牧之原をエースに、と推した。

投球において重要なのは腕の振りもあるが、球を握る指も同等に重要な要素である。

腕の振りは、体全体を使って投げる動作の一つであるため、負担はかかるものの分散された一部でしかない。

それに牧之原のスキルを用いれば、投球の大半はわざと打たせるための球で何の問題もなく、相手の本気を感じ取ったときにだけ全力投球すればいいのだから、一試合での疲労はさほど大きくない。

だが、投げるボールを支えるための指は、投球数が増えるにつれ、握力がなくなっていく。そうすると制球が乱れ、変化球の切れもなくなっていく。

投手初心者がぶつかるその壁も、牧之原の場合は交通量調査のバイトで日がな一日手でカウンターを刻んでいくという指先だけの単純作業で、知らず知らずのうちに握力が鍛えられていた。さらに複数のカウンターを使って同時に数えるという離れ業も行っていたため、指先の繊細な操作も可能であった。

あとは基礎的な体力作りとフォームを固定させるだけ。

そんな即席で作り上げた投手だった牧之原が、プロの世界でここまで通用したというのはひとえに彼自身の努力ではある。

「だったら何故出て行ったのか、とは聞かないんですか？」

「金のためだろ。聞くまでもないさ。自分のやってきた行動に対して、より高い報酬を積まれて評価されたんだから」

「ですね。で、それでも僕を連れ戻しにきたというわけですか」

「その通り。おまえの存在が必要不可欠だ」

「金のためって分かっているなら、幾ら積まれて僕がプロリーグに行ったかも調べはついているんですよね。一体ショウリーグは幾らで買い戻すおつもりですか？」

「アホか。おまえに支払われる金なんてびた一文ありゃしないぞ。プロとの契約を踏み倒す違約金も自分で支払え。ウチに戻ってきてもカイザー・エスペランサばりの最低賃金でコキ使ってやる。まぁ戻ってくるなら、ウチとの契約を踏み倒した違約金については目をつむってやってもいいがな」

「説得しにきたと思ったんですが、随分と強気じゃないですか」

「クリエイターの謙虚さは悪徳だと思うクチだからな。自分の書いたものに弱気になっているようじゃ、こんな仕事はやってられないさ。それにウチの選手が引き抜かれる可能性も、最初から想定内だからな」

「僕が金であっさり寝返ったのも想定の内だと？」

「いや、おまえごときを、高い金を出してまで買おうとする存在が想定外だっただけだ」

「ごとき、とはバカにしてくれますねぇ」

「俺たちにとっては必要不可欠だが、他にとっては凡庸な一選手に過ぎないからな。よくプロで大炎上せずにやってるもんだと、感心はしているがね。シーズンの半分をエース張ってただけのことはある」

「貶(けな)したいのか褒めたいのか、どっちなんですか」

「おまえに戻ってきてもらいたいだけだ」

「にしては金も払わない、なら僕が戻る理由はないですよね」

「ウチのトップは金を持っていることしか能がないが、おまえはあいつとは真逆の金の亡者だな。あいつは金を使うことでしか存在意義を見いだせないが、おまえは金を集めることを目的としているだけの亡者だ。おまえが欲しいのは金じゃなくて、価値だろうよ」

「まるで僕以上に僕を理解しているような口振りですね。驕らないでくださいよ先生」

「驕る？　いいや、違うね。これは事実だ。なんせ牧之原紅葉という防御率ゼロのエースを作り出したのは俺だからな」

もともと堀切とともに立ち上げた時点でのショウリーグは、現在とは違う構想だった。

堀切がプロチームを手にした際にファン感謝デーにでもやりたいと考えていた、真っ当な野球から外れたパフォーマンス中心の野球。堀切曰く「玩具箱のような野球」それが最初のコンセプトであった。

それを独立リーグ全体で、シーズンを通して膨らませようと立ち上げられたのがショウリーグである。

しかし、それを今のブックありきの形に変えたのが、牧之原とベースボールマスクとの出会いだった。

この二人がいれば、今ある舞台をもっと高みへと上げられる。

彼らなくして今のショウリーグは成し得なかった。

だからこそ、牧之原というキャラクターをゼロから生み出した黒田には、本人以上に本人を熟知しているという自負があった。

「金はあくまでおまえの今の価値を他人から客観的に計ってもらうための物差しでしかない。おまえはおまえ自身のことを知らなすぎるだけだよ。というよりも目を背けているだけ、と言い換えてもいい。おまえが本当に欲しているのは……」

ズバリ、言い切ろうとする黒田の溜めに牧之原が割り込む。

「金以上に僕が食いつく餌ってのは、ベースボールマスクとの直接対決ですか？」

「なんだと？」

全くもってその通りなのだが、何故その発想が牧之原の口から先に出てくるのだ？

「それならもうすでに済ませましたから。金ほど魅力はありませんね」

「いつだ？」

「移籍の話が決まった際に。ちゃんと誰もいないところで二人きりで済ませましたよ。思い出づくりも済ませて綺麗さっぱり移籍したかったですからね」

それは黒田にとって完全に想定外だった。

牧之原にとって最も必要なものは目的だ、というのが黒田の見解である。

自分が何をしたいか。

金をためて何をしたいか。

プロになって何をしたいのか。

牧之原は、ショウリーグ創設当時のメンバーの中では唯一の志願者である。

それもショウリーグという理念を理解してではなく、その驚異的な観察力で黒田の目的を悟り自分を売り込んできただけで、明日の自分の身の振り方もわからず飛び込んで、たまたまうまくハマっただけである。

本来ショウリーグは、かつてプロで通用しなかった者、自分はまだ現役だと周りからは認められなかった者、演劇の道だけでは食べていけなかった者、もう一度全盛期をとりもどしたかった者——所属するキャストたちは皆、多かれ少なかれどこかで一度自分が歩いてきた道を諦めて、それでもなお自分にできるわずかなことを武器に集まった人間がほとんどだ。

牧之原とは根っこの考え方が違う。

だからこそ黒田は牧之原にエースという目的を与えた。

エースとして、チームだけでなくリーグそのものを先導する役割。

防御率ゼロを維持し続けるという終わることのない目的。

その最終着地点が、打率十割、もとい今は打率九割九分との直接対決である。

「その様子だとこれも想定外でしょうかね」

「その様子だとおまえが勝ったのか？」

「ええ、プロに行く以上、彼ぐらいには勝っておかないと」

牧之原はしてやったりと自慢気な表情を浮かべるが、黒田はその返答でだいたい何が起こったかの察しは付いた。

「だったら、これは想定内だよ。強がりでも何でもない。当ててやろう、おまえが勝ったのはベースボールマスクにじゃなくて、駒場球児にだろう？　あぁ、なるほど私闘禁止もそれで誤魔化せると思ったわけだ」

「ベースボールマスクの中身は彼でしょう。同じことだ」

「同じじゃないんだよなぁ。これは駒場の問題だから俺の口からはいえないけど。そうだな、ベースボールマスクは駒場球児だが、駒場球児はベースボールマスクじゃないっていうのが正解かな」

「言葉遊びを……！」

遊びではない、これもまた事実なのだ。

「何故あいつがマスクを被っているのか、何故いつも他の連中とは別の時間に打撃練習しているのか、おまえが普段試合中には感じ取れなかったあいつの本気を、何故その勝負で感じ取れたのか。あいつに直接聞いてないだろ」

今度は牧之原が言葉に詰まる。

「図星だろうな」

駒場球児は決してそれを自分からは話さない。

牧之原と違い、駒場には駒場にしかない挫折から這い上がったバックボーンがある。

そこから自分で這い上がる道を気づかせたのが黒田であり、そういった意味では駒場もまた黒田が生み出した虚構の絶対である。

だが、ある種完成されているベースボールマスクと違い、牧之原はまだ人として、投手として成長することのできる発展途上だ。

ショウリーグという舞台の上でしか絶対のエースになれない、不完全なエース。

だからこそ、

「唯一つ、おまえが自分でベースボールマスクとの決着まで考えるようになったということ。それは俺にとって想定外だよ」

牧之原が自分で目的を見つけだすのはもっと先だと思っていた。

キャラクターとして演じる者、そうありたいと目指す者、多種多様のものが集まってできたのがショウリーグであるが、牧之原だけは唯一、ほぼ等身大の牧之原というキャラクターとして描いている。

黒田には、その成長は喜ばしいことであった。

「認めましょう。僕は今その話を聞いて揺らいでいる。ベースボールマスクとの完全決着、それは魅力的な話だ。けれど今更戻ったところでファンは納得しないでしょう。それ以前にプロリーグが許さない」

しかし、その反論に黒田は首を振る。

「それこそ驕るなって話だよ。所詮おまえは向こうにとっては、直接対決前の本気アピールの宣伝に使われたに過ぎない。もうプロでのおまえの役割はとっくに済んでいるんだよ」

プロリーグ側はその人気を盛り返し、かつての栄盛を取り戻している。プロでの防御率ゼロなど求められていない牧之原の存在は、もはや笑い話の種にもならない。向こうとしても高い買い物だった物件を言い値で買い戻してくれるなら願ったりかなったり、事実その根回しも済んでいる。

「おまえが戻ってくれれば、あの一連の敗北を全て嘘にできる。俺がそうする。俺のブックで。そのためにおまえが必要だ。そう言っているんだよ」

黒田は牧之原の答えを求めない。

自分で選べば今は納得できても、それはいつか迷いを生む。

もし、こうしていれば。

もし、ああしておけばどうなっていただろうと。

人はいつかどこかで、選択肢を必ず間違えるのだ。

だが、間違いの先に正解があることだってあるし、今は正解でも行く先で行き詰まることだってある。

結局は、間違いだと認めるのも自分だし、認めようとしないのも自分だ。

必要なことは、今迷わないこと。

進まなければ答えは出てこない。

「おまえがウチに戻ってくるための条件だ。これを使え」

黒田は白と赤の入り交じった布切れを差し出す。

牧之原にも見覚えがあるであろう、その布切れ。

「ベースボールマスク……？」

「普通、マスクは正体を隠すために被るものだからな」

25

三木正宗の辞書に「できない」という言葉はない。

できないということはやらないということと同義であり、やった結果としての失敗として「できなかった」という言葉は使うが、やらなかった人間は何故できなかったかを追求することもできないのだ。

その信条を誰に教わったわけでもない。ただ自分の目の前にある困難に対して、やりもしないでできないと諦めることだけはしたくなかった。

元々高校球児であったはずの正宗がそうして生きてきた結果が、アイドルという職業だった。

高校時代の部活としての野球人生を地区大会準優勝という結果で終え、やれるだけのことはやったができなかったこともあると、自分で自分を納得させていることに気がついた頃。

クラスメイトと将来の進路を雑談程度に話しているなかで、誰かが年相応な大言壮語の夢を語った。

「俺、東京に出てアイドルになりてぇ」

言った本人も本気で思ったわけではないだろう。別に今までそうした何かをしてきたわけでもない。ただ漠然とした願望のような夢だったはずだ。

正宗以外の誰もが笑った。

それを口にした本人でさえも。

だがその時、三木正宗は本気で怒りを覚えた。

何故、人の夢を笑うのだろうか。

何故、自分が望む夢をこれから実現しようとしないのか。

だったらそれは俺が叶えてやる。そう豪語した。

正宗の進路は、半ば意地の張り合いのような形で決まった。

当然周囲は「真っ黒に日焼けした坊主頭の少年がアイドルになることはできない」と制止した。

もちろん正宗もその通りだと理解していた。

だが、それは今までアイドルになろうとすら思わなかったからだ。

「できない」という不可能を逆手に取り、「野球部あがりのアイドルがいてもいいのでは」と、自分にしかない個性を芸能事務所に売り込んだ。

彼の個性はとっかかりとなり、できないことをなんとかしようという泥臭い努力も相まってデビューへとこぎ着けた。

デビュー後も、顔のいい同期の方が人気であったし、熱意が強すぎて空回りすることもあったが、不可能と言われたアイドルになれたという事実は正宗に自信を与え、それを元手に突っ走った。

その姿勢は少なからず誰かの琴線に触れ、いつしか熱心に応援してくれるファンもでき、アイドルという肩書きだけでも生きていける実績はあったと自負している。

にもかかわらず、いままで積み重ねてきたキャリアに泥を塗ることになるかもしれないショウリーグに転向したのは、やはり彼自身の気質にあった。

正宗の前に現れたブックメイカーを名乗るその男。

かつてドラマの仕事をした際に脚本家だったその男。

計画上の理由で詳細は語らなかったが、野球部上がりのアイドルである三木にしかできない仕事だと彼は言った。

あまりにも胡散臭い（うさんくさ）スカウトだと最初は思った。

だが、彼が放った一言が決定的だった。

「おまえにしかできない仕事がある」

その言葉が正宗の心に的確に余計な火をつけた。

ブックメイカーの甘言にのせられ、ショウリーグの舞台に立った三木正宗だったが、野球だけでなく歌を交えてステージを盛り上げるという役割は、お誂え向きの仕事ではあった。

アイドルという肩書きを捨てず、今までのファンに新しい三木正宗を示しつつも、新しいファンを得ることもできた。

だが、そんな矢先にプロとの戦いで、野球にだけ打ち込んできた人間との壁が果てしなく高いことを知った。

それは今のままでは越えられない。

越えることはできないだろうとわかるまでに高い壁だった。

不可能と言われたアイドルへの道を目指したころならばいざ知らず、その壁の高さを理解できないほどに子供ではなかった。

理解はしたが、それは諦める理由にはならない。

まだ、そのために必要な何もかもをやっていないからだ。

本来、正宗がブックメイカーから求められていた役割は、野球のできるアイドルである。

ショウリーグ最終戦二回の表、ギャンブルスポーツマン連合（Y）の先陣として、ホームランで先制点をあげるという役割をブックメイカーから与えられている。

正宗は、それに一つ演出を付け加えることを要求していた。

それが今実現しようとしている。

次打者である三木正宗の名前がコールされてから後、ずっと登場曲が鳴り止まない。

代表曲のひとつである『ＦＬＹ　ＨＩＧＨ』。

一分近いイントロから始まることから、ライブでは登場曲やアンコールの際に歌ってきたその曲。

長いイントロ演奏中に、これから起こることをたっぷりと想像させた上で、打席に立つ。

そして前奏が終わると同時に、当たり前のように歌い出す。

歌声が、ヘルメットにつけられたマイクを通じて会場へと響きわたる。

そして同時に、タイミングを合わせたように投手が振りかぶる。

スイングの踏ん張りをきかせる瞬間に合わせてスタッカートをきかせ、生歌であるにもかかわらず、その踏ん張りをおくびにも出さずに力強いスイングを行う。

それら全てが稽古の賜物（たまもの）であることは言うまでもない。

今まではステージ、野球は野球と別個の舞台として演じているだけにすぎなかった。

正宗は、それが自分にしかできないとは思ってはいなかった。

野球ができる奴は周りにいくらでもいる。歌って踊れるアイドルだって、上にも下にもいくらでもいる。

だから、歌えて野球ができるアイドルを目指すのではなく、歌いながら野球ができるアイドルになる。

それが三木正宗が示した、三木正宗にしかできないアイドルであり野球人であるスタイルであった。

ステージは続き、Aメロでカウントを整え、Bメロにさしかかったところで、サビに入る一瞬、原曲同様にドラムを合図に全ての楽器がピタリと音を止め、正宗の吐息にも似た息継ぎのみがマイクにのって球場に響く。

誰もがその後の展開を理解していたし、それをはずす三木正宗ではない。

「ＦＬＹ　ＨＩＧＨ！」

歌詞通りに高々と打ち上げられたボールがスタンドへと吸い込まれる。

バットを振り終えたままの体勢でサビを一小節だけ歌い、オーディエンスがボールの行方を見届け終えた頃を見計らって、ゆっくりと走り出す。

ステージの上を歌い踊るように塁を踏み、ダイヤモンドを一周しながらサビを歌い上げていく。

「FLY　HIGH!」

歌詞通りに今度は二塁上で飛び上がる。

わかりやすいキャッチーなフレーズに、観客も一緒になって歌う。

片方の手を天に突き上げながら塁上を走り抜け、残りのサビを歌い上げ、歌い終わりとタイミングを合わせてホームベースへと着地。

待ちかねたように拍手と歓声がわき起こる。

まるでひとつのミュージカルのような、登場から打席に立ってダイヤモンドを回って戻ってくるまでが一連のステージ。

正宗はホームベース上で深々と頭を下げることで、その声援を受けとめる。

顔をあげたその目には、まだどん欲なまでの欲望の光が宿る。

まだこれは最初の一歩だと。

歌ってプロより打てるアイドルになってやる。

大声で歌ったまま乗り越えてやる。

万雷の拍手の中、三木正宗はバットを持ったその腕を振り上げた。

26

籠絡楽朗は気に入らない。

ショウリーグシーズン完結篇「ブラックミスツ対ギャンブルスポーツマン連合（Y）」と銘打たれた最終決戦。
（Y）とは何か？　ヨクトブボールルズのYだ。
気に入らないのはそのことではない。ヨクトブボールルズは最下位チームなのだから、それくらいの扱いでいいのだ。

奇しくもプロリーグの天王山たる日本シリーズ第一戦と同日開催になったが、客入りもそれほど悪くない。

気に入らないのは、ベンチに控えるベースボールマスクXの存在である。

その正体は周囲の予想に違わず、プロリーグから出戻ってきた牧之原紅葉だ。

試合はすでに四回の裏、ここまではおおむねブック通りに進み、三木正宗のホームランで奪った連合チームの一点リードで、この回にブラックミスツが同点に追いついて最終回を迎える予定だ。

そして今、マウンドにいるのは牧之原ではなく、最強スポーツマン連合所属の田辺である。

そして誰もが皆、この後に控える牧之原対ベースボールマスクに注目している。

なぜ新旧ベースボールマスク対決がまだ行われていないのか、客もすでに理解している。

お楽しみは最後にとっておくつもりだと。

いわば今日の試合のメインマッチがそれだ。

今やっている攻防は前座扱い。

それが気に入らない。

前座扱いはともかくとしても、自分が注目されないではないか。

もともと社長の堀切とブックメイカーの黒田からは「君が好き放題かき回してくれていい」と言われて、おもしろそうだと始めた仕事だ。

元証券会社勤務で、投資詐欺と資金洗浄の罪で実刑を食らった前科持ちに、もう一度大手を振って表舞台で堂々と詐欺を働けというのだ。籠絡はそれを聞いて大いに気に入った。

籠絡にはブックとは別に、エクスギャンブラーズの特権かつノルマとして他者を買収することが義務づけられている。

一試合につき一人、一度買収したキャストについては再度別件での買収は不可能。

その相手は選手に止まらず審判やボールボーイ、誰でもよいとされている。

最初期はブックにより買収対象も定められていたが、やがて籠絡の判断で買収をしてもよいとされるようになった。

しかし、四チームという限られたチーム数でシーズン終盤までくると、買収できる相手の残りもわずかしかいない。

今、ランナーは一塁にブラックミスツの室井基樹。

彼もすでに籠絡が別件で買収してしまっている。

最強スポーツマン連合の河内一総とともに盗塁率一〇〇%を維持し続け、その対決は互いのリーグ終了時の盗塁数で決着がつく。

現在の盗塁数は室井が四十五、河内が四十七。

つまり河内が二つリードをもっている状態にある。

一塁からホームまでできる盗塁は三つ。

全てに成功すればそれをひっくり返すことができる。

延長にならなければここが、室井が追いつける最後のチャンスであり、それは成功し、試合はブラックミスッが同点に追いつき最終回を迎える。それもブックに織り込み済みである。

だが、籠絡はサードの守備位置で一人つぶやく。

「それじゃあ、少し、画が地味なんだよなぁ」

バックスクリーン上の電光掲示板には、ご丁寧に現在の盗塁数ランキングという形で室井と河内の盗塁数が並んで表示されている。

が、それに気づいているものもいれば、いないものもいる。

注意しなければただの攻防にしか見えない。

それでは意味がないのだ。

前座にだって意地はある。

ブック通りに初球から室井は走り、バッターはスイングを途中で止め、キャッチャーとの一騎打ち。

だがその際に籠絡は、捕手に守備間でエラーがでるように指示してある。

味方への作戦指示なのでこれは買収ではない。

捕手の送球が走者の室井に当たり、ボールは弾かれ転がっていく。

しかし、室井は次の塁へと進む仕草を見せず、二塁に止まったまま二塁手がボールを取りに行くのを待っていた。

「へぇ、さすがは元盗塁王ってね」

籠絡の仕込んだアドリブ。

盗塁のルールはショウリーグもプロと同じものを採用している。

一塁ランナーが盗塁した際、カバーに入ったセカンドやショートが捕球に失敗した場合、その選手のエラーが記録され、盗塁にはカウントされないということもできた。だが、それをするとこちらが盗塁数を抜かれないように意図的にエラーをした、と疑われる可能性もあった。

そこでとった策が捕手の送球ミスである。

盗塁を刺すために投げられた球がランナーにぶつかった場合は、捕手のエラーかつ走塁妨害として盗塁が記録される。

盗塁が記録されてしまうのならば同じことのようだが、ぶつかった球をセカンドが処理している間に室井が三塁へと進んだ場合、結果が変わる。

二塁までは盗塁と認められるが、三塁までの進塁は捕手のエラーとして記録されるのだ。

つまり、あのまま室井が守備の隙をついて籠絡のいる三塁まで来ていれば、盗塁数は一つのままであり、仮にホームスチールに成功しても河内との盗塁数の差を埋めることはできても、抜くことができなくなる。

室井は瞬間的にそのルールに思い至り、これが自分を罠にかけるためのアドリブだと気づいたのだ。

ここで引っかかってくれれば楽だったが、もうひとつの目的は果たされた。

観客席がざわついている。

なぜ今のタイミングで室井が進塁しなかったのか、と。

今ごろ客席にいる訳知り顔の野球オタクが、今の盗塁封じについて解説してくれているころだろう。

そして、今まで気づいていなかった者たちも気がつく、これが室井と河内の盗塁数対決の最終決着だと。

そして注目が集まる。

次の回の牧之原対ベースボールマスクから、今目の前にある、室井対河内、ひいてはこれから行われる室井対籠絡の戦いに、だ。

続けてブック通りに三盗を決めた室井は、三塁に着いて開口一番、籠絡に問いかける。

「さっきのあれ、籠絡さん指示のアドリブっしょ」

「さぁてどうでしょう」

なるほど、最初から俺がここにいることを警戒していたか。

バレるわけだ。

籠絡は内心で舌打ちをする。警戒されると本当にやりづらい。

「よかったですよ、あのときに買収されておいて。ここ一番でやられなくて本当によかった」

室井もわかって言っているのだろう。

籠絡が何かを仕掛けてくることも。

すでに塁審、主審も買収しているため、買収する相手がいないことも。

「随分とリードとるなぁ、大丈夫かい？」

「そりゃあ狙ってますから。本盗」

籠絡は捕手にサインを送り、投手にこちらに牽制球を投げるよう指示する。

クイックのきいた牽制球が来るが、それも見越したように室井はゆうゆうリード先から戻ってくる。

「んーと、ブック上では僕のホームスチール決まってるんですけど、そのつもりはないってことでいいんですよね？」

「さぁてねぇ、アドリブだってばれちゃってるならやめようかなぁ。でもアドリブあると思って本気出した方がいいんじゃないかなぁ」

そう言いながら、体をピッチャーに向けて球を放る。

「言われなくても本気で行かなきゃ、ブックでもホームスチールはとれませんよっと」

すかさず室井はリードをとりにいこうと体を傾ける。

が、ぴたりとその動きを止めた。

「正解」

本当にやりづらいなぁ。

籠絡は球を放ったが、ピッチャーにではなく自身の真上にだった。

投手に返球したように見せかけてリードを誘いタッチアウトにする策であったが、これも見破られる。

「あぶねー、あぶねー！」

「いやぁ、結構これ練習したんだけどなぁ。よくわかったじゃんか」

「サードが籠絡さんじゃなければ騙されてたかもしれませんよ。っーかやめましょうよ、ここ一番の最終戦でアドリブぶっこみまくるの！」

それでは意味がない。籠絡楽朗は目立ちたいのだ。

室井は塁に立ちながら、なぜかこちらの尻をのぞき込んでくる。

「なんだよ気色悪ぃな」

「いや、隠し球とか平気でやってきそうだな、と」

「さっきのが切り札だよ。もうなんもないさ。ガチンコで走ってきな。アウトにしてやるから」

「やっぱりブック通りにやる気ないんじゃないですかー、もー」

室井は、籠絡が今度はピッチャーにしっかり返球するのを見てからリードをとる。

バッターはスクイズの構えを見せている。一点を着実にとっていこうという姿勢だが、キャストも観客もそれは構えだけだとわかっている。

マウンド上の田辺も全力投球を行う。ホームスチール成功というブックを実現するために抜いた球を投げればショウではない。

ホームスチールを知っているバッターは、バットを引くと同時に室井の動線を確保するべく右バッターボックスから離れる。

リード先から一直線。

駆け抜けるその姿は、籠絡の目から見ても韋駄天（いだてん）の如き疾走だった。

球と人間の短距離走はホームベース上で交差する。

ベースの上を抜ける白球と、その下をスライディングでくぐり抜ける室井。

走塁を邪魔しない限界の位置まで前にでたキャッチャーも、最速で捕球しタッチする手を振り下ろすが、その手が触れたのは堅い地面。

勢いあまってホームから少し離れた位置で起きあがった室井は、その場でガッツポーズと雄叫びをあげる。

遅れて主審が大きく両手を横に振る。

「セーーフ!!」

盗塁王決戦の最後を飾るにふさわしい、文句なしのホームスチール。

次いで観客席から歓声と拍手がわき上がる。

誰も見向きもしない電光掲示板では「室井選手　盗塁王　おめでとう!」という誰もが知っている事実が明滅している。

割れんばかりの拍手が送られるなか。

サードに立つ籠絡もまた拍手を送る。

素晴らしい活躍だ。

見事と言うほかない。

これほどの大舞台でよくやってのけた。

素晴らしい。

「では、本当の主役は誰か教えてやろうじゃないか」

籠絡が視線をベンチに向けると、一人と目が合う。

首を軽く縦に振ると、その男は慌てふためいてベンチから飛びだしていった。

彼は一目散に主審の元へ向かうと、手にしたバインダーに挟まれた紙を示しながら何かをまくし立てる。

フェイスプロテクターを外し、紙を検分した主審は、その意図を知ると真っ先に視線を籠絡へと向けてくる。

紙と籠絡とを見比べると、二度三度うなずいて場内アナウンス用のマイクを取り出した。

『えー、球審の白限です……』

突然の場内アナウンスに、観客たちは徐々にその歓声のボリュームを落としていく。

『ただいまスコアラーの中島(なかじま)より、第三節の試合内容について、河内選手と室井選手の盗塁数を逆に記録していたとの報告があり、現在それが確かであることを確認いたしました。よって本試合が行われる前の盗塁数は室井選手が四十四、河内選手が四十八となります』

未だ事態を飲み込めない観客たちはどよめく。

『よって、ただいまのホームスチールで室井選手の通算盗塁数は四十七となりますが、河内選手は四十八ですので、今季の盗塁王は河内選手となります！』

突然の通達に、室井はすぐに誰の仕業か気づいて振り返る。

主役であった室井の視線の先に、当然観客たちの注目も集まる。

ブック外のアクシデントではあるが、状況を理解した中継用のカメラが抜いてくるタイミングを見計らって、籠絡はサードの守備位置に立ったまま懐から取り出した札束を振って示して見せる。

これは買収であると。

状況のわからない観客からは、籠絡がスコアを買収したようにみえているだろう。

だが、実際に籠絡が行ったのはそれを記録するスコアラーの買収である。

室井の盗塁記録を一つ多く記録させ、決着の場面でそれを暴露させるという指示。

籠絡はブックが盗塁率一〇〇％を二人両立させた時点で、その結末を盗塁数勝負で決めると睨んでいた。

ブックメイカー本人やスコア好きな人間が気づいて指摘する可能性もあった。しかし、シーズン中盤で人気が陰ったことが不幸中の幸いとなり、最終戦になって盗塁数対決で決着がつくとわかるまで、盗塁数が一つ変動していることなど誰一人として気付かれずにきた。

問題は買収の入れ替えをショウリーグ側に悟られないようにすることだ。

買収される振りをするアドリブを入れてくれ、と相手選手に頼んでも、演出上の行為なのでショウリーグ側が買収だと認識してしまえば意味がない。

そこで籠絡が案じた一計は、三木正宗の買収の際に黄金のバットを渡すという演出である。

まず、ブックメイカーには「そのほうが視覚的にもわかりやすい」と持ちかけた。

次に籠絡は三木正宗買収にかかる費用と同額のバットを自腹で購入し、その領収書をスコアラーの中島が立て替えた形にすることで、三木買収とスコアラー買収をすり替えたのである。

個人の資金を会社の支出として計上することになるので、堀切興行が国税局につつかれる可能性もあるが、それはそれで堀切が金で解決するだろう。

こっちは好き放題やれと言われているのだから、その通りにしたまでだ。

籠絡は関係者席を見上げて、その顔を探す。

そうだ、ブックメイカー。あんたのそういう顔が見たかった。

「正々堂々真正面から騙してやったぞ」

中指を立てるのもお下品なので、代わりに人差指のみ立て、こめかみを叩く。

ざまあ味噌漬け、ブックメイカー。

これがあんたの作った、敵も味方もだましてこその籠絡楽朗ってなもんよ。

ブラックミスツ側の攻撃が終わり、存分に拍手と喝采とブーイングを浴びながらベンチに戻ると、

「さて、盛り上がったことだし、俺も目立って満足できた」

籠絡は、その男の肩を叩いて後を託す。

額にXの刺繡の入ったベースボールマスクをかぶるその男。

牧之原紅葉。

「今度はあんたの出番だ。クライマックスはまかせたぜ」

27

五回の裏。ツーアウト、ランナーなし。

ベースボールマスクはバッターボックスに立つと、手にしたバットで軽く地面を叩き、

マウンド上へと視線を向ける。

マウンド上に立っているのは自分とよく似たマスクを被った男。

互いに表情を覆ったマスクのままだが、視線が合った、と感じられた。

当然、互いに互いの正体は知っている。

観客も、正式な告知はないものの、最終戦直前の第一節の再現試合と、その直後に牧之原がタートルズを解雇されたという情報から、マウンド上にいるベースボールマスクXの正体は牧之原であると確信している。

予定調和と知ってなお、この相対を待ち望んでくれていたのだろう。

すると、マウンド上のベースボールマスクXは尻のポケットから冊子状になった紙束を取り出すと、手に高く掲げあげた。

今注視している観客たちの視線を集めると、それを全力で地面へと叩きつける。

それが意味することは一つ。

ブックなんていらない。

本気でやろう。

歓声が爆発する。

言葉一つないその動作で、誰しもが理解した。

ここで二人がぶつかることは定められていても、どちらが勝つかは、互いの実力次第。

これから行われるのはそういう勝負である。

あくまで牧之原もショウリーグの一員。

ここで二人が本気でやりあったと、後から説明しても遅いのだ。

今ここで、これから、二人が本気でぶつかり合う意志を示す必要があった。

今ここで、これから、本気で戦う二人を待ち望み、声援を送ってくれている観客たちのために。

それに対してベースボールマスクは、ただバットを構えることで応える。

ベースボールマスクとて、もとからそのつもりである。

ショウリーグの中で唯一、ベースボールマスク・駒場球児に託されたブックには他者と違うことが書いてある。

通常、最高難度のブックには配球、カウント、どの方向にどのような打球を打つのか、ランナーがいれば盗塁するのか、そういった結果のみが記されている。

しかし、ベースボールマスクのブックには、ただ何球目にヒットなりホームランなりを打て、とだけ書かれている。

第一節のリーグ初打席のみ、ホームラン予告をして打てと言われたのでその通りにした。

平気な顔でブックと違う打球が飛んでくるので、守備側も戸惑うことは多い。しかし確実にヒット性の当たりを打ってくるので、わざと捕球を遅らせたりする必要もない。ベースボールマスクがそれをなせるのは、彼が野球を愛し、野球に愛された男であったからだ。

そして、それが駒場球児であった、という他ない。

駒場とて、野球を始めた時から打率が十割だったわけではない。

だが駒場は、それをなせるだけの実力はあったと自負していた。

投げられた球をバットで打ち返すのは当たり前のことだと思っていたし、打つ前に野手の守備位置を見て何処に打てばヒットになる、というのも直感的に理解していたし、そこに打球を持っていくことにも苦はなかった。

むしろ、なぜ打てない時がたまにあるのだろうか、と不思議に思ってさえいた。

プロの首位打者でさえ四割以上打つことは至難なのだから、自分がそうでもおかしくはないと思うようにしていた。

そして、駒場が迎えたプロ初打席、生き死にをかけたプロの本気というものをそこで初めて経験した。

ここで打たれれば成績が落ちる。成績が落ちれば収入も減る。収入が減れば生きていけなくなる。そのためには本気で相手を刺しに行く。

マウンド上に立ったプロのピッチャーの本気の目を見て初めて、駒場の心は恐怖に支配された。

そして同時に今まで打てない打席があったのは、自分が今まで、生きた人間が相手だということを何一つ意識していなかったからだと気づかされた。

投手は打者を打ち取ることが仕事であり、守備は打球を捕ることが仕事なのだ。

そしてプロの世界は、その仕事を成して初めてプロたりえるのだ。

それ以来、駒場はバットに球を当てられなくなった。

自分が打てば、投手が、打球を処理できなかった守備が、死んでしまう。

だから彼らはこんなにも必死になっているんだ。

そんな当たり前のことに気づきもせず生きてきた自分に絶望した。

それを知らない周りは彼のことを理解できなかった。

完全に打者としての心を挫(くじ)かれた駒場はプロの世界を後にした。

しかし、生きていくためには働かねばならない。

野球一筋で生きてきた彼に残された選択肢は多くはなかった。

ピッチングマシン相手にしか十割打てないバッターに居場所はない。

そんな駒場に手をさしのべたのがブックメイカー・黒田倉之助だった。

駒場の迷いを理解し、肯定し、そんな彼がもっとも輝く舞台を用意してくれた。

与えられたのは絶対に失敗できない打者としての仕事と、顔を覆い隠すための布切れ。

その野球を体現したマスクは、彼の弱い心を覆い隠し、駒場球児を別人へと変えた。

そしてショウとしての舞台は、彼が勝ち続けることを許した。

ヒーローが活躍するためには、敵はどんなにヒーローを追いつめても最後には必ず負けなければならない。

負けることが許された仕事もあるのだ。

自分が叩き潰すのは、負けることが許された相手なのだ。

勝っていい。勝ち続けていい。

ショウリーグで駒場がマスクを被って野球をするのは、それが本気の証だからだ。

マウンド上で振りかぶるベースボールマスクX・牧之原紅葉は以前対戦した以上の本気をベースボールマスクへと向けている。

あの時、牧之原は駒場に向かってプロとは何かと問うた。

今になってその真意が計れたものの、駒場は本気の質が違うのだと答えた。

今向けられているのはまさにそういった、駒場球児がプロにかつて向けられ、恐怖したのと同じ質の本気。

だが今、駒場球児はベースボールマスクだ。

そして牧之原が、そんなベースボールマスクの本気を読みとれても意味はなかった。

ただただ、来た球だけを打つという純粋な本気。

ブックがなくとも、言葉がなくとも、互いにそれを理解する。

この一球で打ち取る。

この一球で打ち崩す。


渾身の一球が投じられる。


一瞬。

時が止まったような錯覚を覚えるほどの。

フルスイングとも違う。

力が込められていない訳でもない。

まっすぐで、真円を描くバッティングフォーム。

バットの芯とボールの芯。

球と円が点と点でぶつかり合える、ただの一点。

磁石のように二つが吸い込まれるように引き合い、出逢った瞬間に弾け合う。

誰しもが固唾(かたず)を飲んで見守る球場に、高らかに快音が鳴り響く。

28

「打ったぁーー！　打球は高い。伸びる伸びる伸びる！」

銀道元太は思わず身を乗り出してしまっていた。

決着の時だと確信していた。

その時までは。

「入っ……いや、入らない！　フェンス直撃ぃ！　打球はフェンスにはじかれる！　守備も入ると思っていたのでしょう！　センター進藤、慌ててボールを取りに行く！　ランナーのベースボールマスクは一塁を回って二塁へと！　記録はツーベース！　ツーベースヒット！」

銀道はその予期せぬ結末に動揺しながらも、それを表に出さず実況を続ける。

「客席からは二人のマスクマンの真剣勝負を称えて、ベースボールマスクコールが鳴り響きます。あーっとしかしここで、マウンド上のベースボールマスクX、自らの手でマスクを剝ぎとります！　自分にその声援を受け取る資格はないと、そしてそれを地面へと叩きつけた！　客席からは拍手と歓声がわき上がっていますが、それは驚きによってではないでしょう。露わになったマスクの下、その正体はやはりと言ってもいいのでしょう。今は懐かしい牧之原紅葉その人であります。プロリーグとの決戦直前での電撃移籍。それから早三ヶ月の時が流れ、今、ようやく、エースがショウリーグのマウンドに帰ってまいりました！

しかし、その表情は晴れやかとは言えません。長きにわたる放浪生活、そこから戻ってきたのはやはりあの男と決着をつけるため。そのためだけに戻ってきた。さぁ、小橋さん、マウンド上の牧之原選手の様子を見るにやはりこの直接対決、ベースボールマスクの勝利と言っていいんでしょうか？」

「そうですねぇ。完璧に芯はとらえていましたのでベースボールマスクの勝ちとも言えますが、まだ牧之原選手の防御率ゼロは破られたわけではありませんからね」

「続いて打席に向かうは五番、徳部達彦。その通算打率は零。必ず打つベースボールマスクの後の打順に据えられ、必ずアウトをとられて打線を止めることからつけられたあだ名はアウトカウンター。観客席からはため息が漏れる。それは失望なのか、安堵なのか。ここでは決まらないのか。延長戦に突入し、再度ベースボールマスクと牧之原との決着が見られるのか」

いつもの調子で五番徳部の紹介を行い、延長戦前提で話を展開していくが、ここで銀道は思いとどまる。

ショウリーグでも一応ルール上は、延長戦の規定が定められていたはずだ。

だが、未だかつてショウリーグの試合が延長戦に突入したことはない。

定められた尺の中に一つのショウを収めるのもまた彼らの仕事の一つである。

今銀道が行っている公式配信に定められた枠はない。

今日はブラックミスツ対連合チームの一試合しか行われていないが、その試合密度は濃く、通常の一試合五十分という枠からはとうにはみ出している。

最終戦ということで延長に突入してもおかしくはない。

だが今の状況、果たしてこれは台本通りなのか否か。

先のベースボールマスク対決。あれはまごうことなき真剣勝負。

ここで勝負が決まらなかったのはアクシデントではないのか。

実況という立場でこの席に座ってはいるが、今まで銀道が台本を見せられたことはない。この最終戦も同様である。

故に目の前で起こった事象をそのまま伝える他ないのだが、今目の前で起こったことは本当にショウの一部ととらえてよいのだろうか。

ショウならば、ベースボールマスクが決めて盛り上がって終われたといってもよいのではないか。

「奇しくも、ここにきて今度は打率ゼロ対防御率ゼロの戦いになってますね、これは」

急に黙り込んでしまった銀道をフォローすべく、小橋の方から話題を提供してくる。

そうだ、自分はこの試合の実況中継者である。

ただ目の前で起こったことを視聴者に届ければいいのだ。

「しかし、さきほどの対決で牧之原選手は台本のようなものをマウンドに叩きつけ、ベースボールマスクに真剣勝負を挑んでいます。果たしてこれは今も続いているんでしょうか」

カメラが今もマウンドの端に転がっている紙束を映し出す。

「だとすれば、今防御率ゼロは絶対ではないし、徳部選手もまたアウトカウンターではないともとれますね」

サブモニターには応援しに来ている徳部の息子の様子が映されている。銀道がその話題に触れればすぐに切り替わるよう用意されたものだ。上も迷っている。

ここで彼の息子に話題を振っていいものかどうか。

もし今なお徳部の役割がアウトカウンターのままならば、彼は息子の前でわざとやられる役を演じることになる。

徳部達彦。彼は元々演劇出身者である。数々のやられ役として培ってきた経験を持って、時にわざとらしく、時に自然な演技で、チームの打線の流れを止めてきた。

もしここで徳部が活躍するようであれば事前にその情報に触れておいた方が劇的なのだが、役割通りにアウトカウントを重ねるならそれは晒し者にするも同然である。

その判断を迫られていたが、状況は意外にも彼らに時間を与えていた。

「ファウル！　フルカウントに追い込まれたまま、これで四球続けてのファウル。五番徳部粘ります」

「しかし、まだツーアウトですからねぇ」

ツーアウト、その言葉に銀道は動揺した。

実況の身でありながら今の状況が抜けていた。

小橋の言いたいこともわかる。

ショウリーグは五回四アウト制。それは最終決戦とて例外ではない。まだ後が控えているのだ。

ここで無理に粘る必要はない。

やはりこれはアクシデントだったのだと銀道は確信する。

もし、ベースボールマスクの打球がホームランでなかったことがアクシデントならば、この先のシナリオを彼らは用意していないはずである。

だとしたらこの連続ファウルは、牧之原が徳部に打たせようとしているともとれる。

次の打席には森本正治(もりもとまさはる)が控えている。だが、どちらかと言えば守備に重きをおいたキャラクターであり、打撃ではそこまでの華はない。

この回で決着をつけるのならば、打率ゼロの徳部こそがふさわしいと思える。

そう考えると、徳部はブラックミスツの打線を止めるためにいたわけではない。

絶対たるベースボールマスクが仕損じた時、初めて機能する予防線なのだろう。

絶対に打つ男が打てなかった時、絶対に打てない男が打ってみせる、そういった役割。

だからここで粘るのだ。

「またまたこれもファウル！」

「珍しいですねぇ」

小橋もまた、ここで徳部が粘ることに疑問を感じているのであろう。

そしてそれは視聴者や観客も同様にだ。

ほとんどの選手たちが試合短縮のため早いカウントで手を出していくショウリーグにおいて、長い打席は目立つ。

それがアウトカウンターの徳部であるならば、なおのことだ。

球数が増えれば増えるほど、このショウはしらけていく。

だが、徳部は元々アウトカウンターである。

やられ役が板に付きすぎて、この土壇場で回ってきたチャンスに対応しきれていないのだ。

無理もない、あまりにも負けることに慣れすぎていた。

だが、最早シナリオのないショウリーグを終わらせるにはここしかない。

今、徳部はショウリーグそのものの姿と言えた。

一度は何かを諦めた者たちが、それでも何かを成し遂げたいと願い、
自分たちにしかできないことを必死になって考え出して、

それでも、手も足も出せずにプロとの対決に敗れ、
今なお必死にあがき続ける。

それを超えるには勝つしかないのだ。

自分たちの方法で。

「打て……」

「銀道さん？」

「打っていい。あなたは今、打っていいんだ！　アウトカウンター！」

これは、実況者としては最低の悪手だ。

だが今ここで、この事態をショウにできる手段がある。

実況としてあるまじき、ある意図を持って、観ているもの聴いているものたちを、同調させていく。

それは煽動とも呼べた。

銀道元太は自らの実況に自らの意図を込めた。

銀道ら放送席の声は観客席には届いていない。

しかし会場の中にも、この配信を流しながら観戦しているものがいるはずだ。

そしてそれが届けば、今この事態はアクシデントからショウに変わる。

「息子さんの目の前で、今日あなたはヒーローになれるんだ！」

唐突なまでの銀道の独断専行ではあったが、モニターは打ち合わせ通りに徳部の息子の映像に切り替わる。

そしてこの時、銀道元太は、堀切始を理解した。

彼が何を望んでここまで来たのか。

ヒーローを生み出したかったのだ。

最初はスターという形でそれを成そうとしたが、失敗した。

ヒーローとはなろうとするものではなく、周囲がヒーローだと認めるからなるものだ。

そしてヒーローに、人は希望を求める。

『これから夢を追いかける人たちにとって「いつかこんな舞台に立ちたい」という夢を与える立場になれたらいいですね』

彼はすでに言っていたのだ。

嗚呼(ああ)そうだ。人はそれを希望と呼ぶ。

挫折の中で立ち上がる者に、自分も立ち上がりたいと願いをのせて。

アクシデントをショウとして成り立たせようともがくものの姿が、息子のために活躍しようとあがいているヒーローへ変身を遂げる。

もし、これがショウならばだとか、アクシデントならばだとかは関係ない。

「打て、打ってくれっ。あんたはアウトカウンターじゃない、徳部達彦だ！」

もはやただの願いでしかない。

「そうですね、ここはそういう場面でしょう」

小橋もそれに乗ってくる。

そして会場もまたそれに乗る。

あちらこちらから起こる、徳部コール。

状況を理解しているものも、していないものも関係ない。

流れがそこに生まれた。

一度流れが起これば、あとは誰しも流されていくほかない。

プロリーグとの戦いにおける敗戦と同様に、流れは渦を作り、すべてを飲み込んでいく。

絶対に徳部が打つ。

誰もそれを疑っていなかった。

振るわれた徳部のバットは、お粗末にもベースボールマスクのような美しい軌道を描いたわけではない。

それでも、バットは確実にボールの芯をとらえる。

何もかもがブックという名の台本に記されていたはずの予定調和。

それは牧之原紅葉とベースボールマスクの本気のぶつかり合いの結果、最後の最後で綻(ほころ)びを生んだ。

誰も知らないところで生じたその綻びが、今再びショウリーグに絶対をもたらした。

29

「あー。最後の最後に救われたねぇ」

「いやいやいやいやいや。徳部のあれは時間稼ぎだっての。こっちは延長用のシナリオそっこで用意してたってのによー」

「二人続けて時間稼ぎはさすがに無理があるっての。用意できたとしても、それをキャストに周知するにはやはり無理があったさ」

「だな。あー。牧之原といい、駒場といい、ほんっとここ一番でやらかしてくれるよなぁ。

あと籠絡はいっぺんシメる」

「来年はもっとちゃんとできるだろうさ」

「やめてくれ、あと一年こんなこと続けたら死ぬって」

「でも、おまえの方は後任決まってないんだろう？」

「育ててる余裕もなかったよ。っていうかおまえほんとに辞めるのか」

「俺には優秀な後任がいるからな、会社はこのままあいつに任せる。それに正直さすがに今回は金使いすぎたよ。久々にスッカラカンだ」

「プロとの一件か？　あれについてはもう誰もおまえを責めやしないさ」

「いや、嫌がらせの件」

「あー。やっぱり今日のこの試合、日本シリーズ一戦目にぶつけたのはわざとかよ」

「いや、あんだけやられたんだから、それくらいはしないと意趣返しにならんだろう」

「で、よくここまで客集められたな。俺、そこまで聞いてないでブック書いてたぞ」

「牧之原奪還が成功した時点で確信してたさ、世間に注目されなくとも、うちのファンはこっちの試合に釘付けだろうってな。それに……今回、チケット代バカみたいに下げちゃったから」

「はぁ!?　それ今年はいいけど、来年はどうするんだよ」

「しらん」

「これだからおまえってやつは……はぁ。で、おまえ辞めてどうするんだ」

「さぁ。それもしらん。ただまぁ、なんかしら金は使うだろうな。俺は金を愛しちゃいないが、金が俺を愛してるのさ。突き放しても突き放しても俺みたいなダメ男についてきちまう。なんせ……」

「金しかもってないから、だろ。耳にタコができるまで聞かされたよ、その台詞。了解了解。金に困ったらまた連絡させてもらうよ」

「ははは。そうしろそうしろ。連絡先は教えないけどな」

「あぁ、じゃあな。始」

「あぁ、じゃあな。黒さん」


堀切始は、未だに鳴り止まない歓声に応えるスタッフたちには別れを告げることなく、球場を後にする。

出来過ぎた社員たちを持ってしまったな、と思う。

と、通りかかった球場の外通路で、ボールで遊んでいる子供がいるのを見つける。

「どうした、少年。こんなところでひとりで遊んで」

「つまんないから出てきちゃった。ここでパパのトイレ待ってる」

「試合、つまらなかったか」

「ううん、試合はおもしろかったよ。終わっちゃったら、なんかぱちぱちずっとやってるから飽きちゃった」

「なんだ。そうか。そりゃよかった」

「ねぇ、おじさん。おじさん、ショウリーグのカントクさんでしょ？」

「監督。監督ねぇ。おじさんはそれよりもっと偉い人……だったけど、辞めちゃったんだ」

「そっかぁ……残念」

「残念か？」

「うん。カントクさんなら、僕もベースボールマスクみたいにしてくれると思ったから」

「そうか！　ははは、なんだ、少年、ベースボールマスクになりたいのか、あっはははは!!」

堀切始は腹を抱えて笑っていた。

別に本気でプロチームを持ちたいと思っていた訳でもないから、ショウリーグはプロへの復讐などでは当然ない。

一度道を諦めた行き場のないものたちに、ショウリーグを通じて居場所を与えたかったわけでもない。

自分に誰かを救えると思ってはいないし、ショウリーグによって誰かが救われるとも思っていない。

金しか持っていない自分にはそれすらもおこがましい。

それでも誰かがショウリーグを観て、自分もそうなりたいと思ってくれたら嬉しい。

そんな、あわよくば程度のささやかな願い。

こんなところで。

こんなところで欲しいものが手に入るとは思ってもみなかった。

奇跡か、偶然か。

結局ショウリーグのように、何もかも思い通りにはいかないものだ。

「人の夢は笑うなってパパ言ってたよ」

「そうか、そうだな。いや、すまない、すまない。これは大変な失礼をした。申し訳ない。

そうだな、申し訳ないからお詫びに……子供に金をやるわけにもいかんか。じゃあ少年にこれをやろう」

「なにこの紙？」

「推薦状っていってな、少年が大人になってもまだ、その夢を諦めないでいたならベースボールマスクになれるぞっていう、おじさんとの約束みたいなもんだ。少年、名前は?」

「知らない人に名前教えちゃいけないって……」

「なんだ、ショウリーグで一番偉い俺のことは知ってたじゃないか」

「それもそうか……けやきだ、けやきだかずき」

「ふぅん。木のけやきにたんぼのた……かずきはこの字でいいのか? 漢字わかるか?」

「うん。これ本物?」

「後でパパに見せてみろ。驚くぞぉ。これでおじさんの無礼を許してくれるか」

「いいよ。許す」

「そっか。ありがとう。うん。ありがとうだな」

堀切始は目線を合わせるためにしゃがんでいた腰を持ち上げると、再度高らかに笑いながら、今度こそ球場を後にした。

完